I0657713

5294

MATHIAS SANDORF

Dépôt Légal
Seine
No 6014

OUVRAGES DU MÊME AUTEUR

VOLUMES IN-8 ILLUSTRÉS.

LES VOYAGES EXTRAORDINAIRES
Couronnés par l'Académie française.

MATHIAS SANDORF

PAR

JULES VERNE

TOME TROISIÈME

BIBLIOTHÈQUE

D'ÉDUCATION ET DE RÉCRÉATION

J. HETZEL ET Cⁱᵉ, 18, RUE JACOB

PARIS

Tous droits de traduction et de reproduction réservés.

MATHIAS SANDORF

QUATRIÈME PARTIE

I

LE PRÉSIDE DE CEUTA.

Le 21 septembre, trois semaines après les derniers événements dont la province de Catane venait d'être le théâtre, un rapide steam-yacht, — c'était le *Ferrato*, — naviguait par une jolie brise de nord-est entre la pointe d'Europe, qui est anglaise sur la terre d'Espagne, et la pointe de l'Almina. qui est espagnole sur la terre marocaine. Les quatre lieues de distance que l'on compte d'une pointe à l'autre, s'il faut en croire la mythologie, ce serait

Hercule, un prédécesseur de M. de Lesseps, qui les aurait ouvertes au courant de l'Atlantique, en brisant d'un coup de massue cette portion du périple méditerranéen.

Voilà ce que Pointe Pescade n'eût pas oublié d'apprendre à son ami Cap Matifou, en lui montrant, dans le nord, le rocher de Gibraltar, dans le sud, le mont Hacho. En effet, Calpé et Abyla sont précisément les deux colonnes qui portent encore le nom de son illustre ancêtre. Sans doute, Cap Matifou aurait apprécié comme il le méritait ce « tour de force, » sans que l'envie eût mordu son âme simple et modeste. L'Hercule provençal se fût incliné devant le fils de Jupiter et d'Alcmène.

Mais Cap Matifou ne se trouvait pas parmi les passagers du steam-yacht, Pointe Pescade non plus. L'un soignant l'autre, tous deux étaient restés à Antékirtta. Si, plus tard, leur concours devenait nécessaire, ils seraient mandés par dépêche et amenés rapidement sur un des *Electrics* de l'île.

Le docteur et Pierre Bathory étaient seuls à bord du *Ferrato*, commandé, en premier, par le capitaine Köstrik, en second, par Luigi. La dernière expédition, faite en Sicile dans le but de retrouver les traces de Sarcany et de Silas Toronthal, n'avait pu donner aucun résultat, puisqu'elle s'était terminée par la mort de Zirone. Il s'agissait donc de reprendre la piste, en obligeant Carpena à dire ce qu'il devait savoir de Sarcany et de son complice. Or, comme l'Espagnol, condamné aux galères, avait été envoyé au préside de Ceuta, c'était là qu'il fallait le rejoindre, là seulement que l'on pourrait se mettre en rapport avec lui.

Ceuta est une petite ville forte, une sorte de Gibraltar espagnol, établi sur les pentes orientales du mont Hacho, et c'est en vue de son port que le steam-yacht manœuvrait, ce jour-là, vers neuf heures du matin, à moins de trois milles du littoral.

Rien de plus animé que ce détroit célèbre, qui est comme la bouche même de la Méditerranée. C'est par là qu'elle s'abreuve des eaux de l'Océan Atlantique. C'est par là qu'elle reçoit ces milliers de navires, venus de l'Europe septentrionale et des deux Amériques, dont s'emplissent les centaines de ports de son immense périmètre. C'est par là qu'entrent ou sortent ces puissants paquebots, ces navires de guerre, auxquels le génie d'un Français a ouvert une porte sur l'Océan Indien et sur les mers du Sud. Rien de plus pittoresque que cet étroit canal, encadré dans ses montagnes si diverses d'aspect. Au nord se profilent les sierras de l'Andalousie. Au sud, sur cette côte admirablement accidentée, depuis le cap Spartel jusqu'à la pointe d'Almina, s'étagent les noires cimes des Bullones, le mont des Singes, les sommités des *Septem fratres*. A droite et à gauche apparaissent de pittoresques villes, blotties dans le fond des anses, assises aux flancs des premières rampes, étendues sur les basses grèves que dominent de gigantesques arrière-plans, Tarifa, Algésiras, Tanger, Ceuta. Puis, entre les deux rives, devant l'étrave rapide des steamers que n'arrêtent ni la mer ni le vent, sous la guibre de ces voiliers que les brises de l'ouest retiennent quelquefois par centaines à l'embouchure de l'Atlantique, se développe une surface d'eaux mobiles, changeantes, ici, grises et déferlantes, là, bleues et calmes, striées de petites crêtes, qui marquent la ligne des contre-courants avec leurs zig-zags dentelés. Nul ne pourrait **être insensible** au charme de ces beautés sublimes que deux continents, l'Europe et l'Afrique, mettent face à face sur ce double panorama du détroit de Gibraltar.

Cependant, le *Ferrato* s'approchait rapidement de la terre africaine. La baie rentrante, au fond de laquelle Tanger se cache, commençait à se fermer, tandis que le rocher de Ceuta devenait d'autant plus visible que la côte, au delà, fait un crochet vers le sud. On le voyait s'isoler peu à peu, comme un gros îlot, émergeant au pied d'un cap, retenu par l'étroit isthme qui le rattache au continent. Au-dessus, vers la cime du mont Hacho, apparut un fortin, construit sur l'emplacement d'une citadelle romaine, dans lequel veillent incessamment les vigies, chargées d'observer le détroit et surtout le territoire marocain, dont Ceuta n'est qu'une enclave. Ce sont à peu près ces mêmes dispositions orographiques que présente la petite principauté monégasque sur le territoire français.

A dix heures du matin, le *Ferrato* laissa tomber l'ancre dans le port, ou plutôt à deux encâblures du quai de débarquement que battent de plein fouet les lames du large. Il n'y a là qu'une rade foraine, exposée au ressac de la houle méditerranéenne. Très heureusement, lorsque les navires ne peuvent mouiller dans l'ouest de Ceuta, ils trouvent un second mouillage de l'autre côté du rocher, ce qui les met à l'abri des vents d'amont.

Lorsque la « Santé » fut venue à bord, quand la patente eût été visée en franchise nette, vers une heure après midi, le docteur, accompagné de Pierre, se fit mettre à terre et débarqua sur un petit quai, au pied des murailles de la ville. Qu'il eût le ferme dessein de s'emparer de Carpena, nul

1.

doute à cet égard. Mais comment s'y prendrait-il? C'est ce qu'il ne déciderait qu'après inspection des lieux et suivant les circonstances, soit en faisant enlever l'Espagnol par force, soit même en facilitant son évasion du préside de Ceuta.

Cette fois, le docteur ne chercha point à garder l'incognito, — au contraire. Déjà les agents, venus à bord, avaient répandu le bruit de l'arrivée d'un si fameux personnage. Qui ne connaissait de réputation, dans tout ce pays arabe, depuis Suez jusqu'au cap Spartel, le savant taleb, maintenant retiré dans son île d'Antékirtta, au fond de la mer des Syrtes? Aussi les Espagnols comme les Marocains lui firent-ils grand accueil. D'ailleurs, il ne fut point interdit de visiter le *Ferrato*, et de nombreuses embarcations ne tardèrent pas à l'accoster.

Tout ce bruit entrait évidemment dans le plan du docteur. Sa célébrité devait venir en aide à ses projets. Pierre et lui ne cherchèrent donc point à se soustraire à l'empressement du public. Une calèche découverte, prise au principal hôtel de Ceuta, leur fit d'abord visiter la ville, ses rues étroites, bordées de tristes maisons, sans cachet ni couleur, çà et là, de petites places avec des arbres amaigris et poussiéreux, abritant quelque méchante guinguette, un ou deux édifices civils, ayant l'aspect de casernes, — rien d'original, en un mot, si ce n'est peut-être le quartier mauresque, où la couleur n'est pas absolument éteinte.

Vers trois heures, le docteur donna l'ordre de le conduire chez le gouverneur de Ceuta, auquel il voulait rendre visite, — acte de courtoisie tout naturel de la part d'un étranger de distinction.

Il va sans dire que ce gouverneur ne peut être un fonctionnaire civil. Ceuta est, avant tout, une colonie militaire. On y compte environ dix mille âmes, officiers et soldats, négociants, pêcheurs ou marins au cabotage, répartis tant dans la ville que sur la bande de terrain, dont le prolongement vers l'est complète le domaine espagnol.

Ceuta était alors administrée par le colonel Guyarre. Cet officier supérieur avait sous ses ordres trois bataillons d'infanterie, détachés de l'armée continentale, qui viennent faire leur temps d'Afrique, un régiment de discipline, régulièrement fixé dans la petite colonie, deux batteries d'artillerie, une compagnie de pontonniers, plus une compagnie de Maures, dont les familles habitent un quartier spécial. Quant aux condamnés, leur nombre s'élève à peu près à deux mille.

Pour se rendre de la ville à la résidence du gouverneur, la voiture dut suivre, en dehors de l'enceinte, une route macadamisée, qui dessert l'enclave jusqu'à son extrémité vers l'est.

De chaque côté de la route, l'étroite bande, comprise entre le pied des montagnes et les relais de la mer, est bien cultivée, grâce au travail assidu des habitants, qui ont laborieusement lutté contre les mauvaises qualités du sol. Les légumes de toutes sortes ni les arbres à fruits n'y manquent; mais il faut dire aussi que les bras ne font point défaut.

En effet, les déportés ne sont pas seulement employés par l'État, soit dans les ateliers spéciaux, soit aux fortifications, soit aux routes dont l'entretien exige des soins continus, soit même à la police urbaine, lorsque leur bonne conduite permet d'en faire des agents qui surveillent et sont surveillés à la fois. Ces individus, envoyés au préside de Ceuta pour des peines qui vont de vingt ans à la perpétuité, les particuliers peuvent les occuper dans certaines conditions déterminées par le gouvernement.

Pendant sa visite à Ceuta, le docteur en avait rencontré quelques-uns, allant librement dans les rues de la ville, et précisément de ceux qui servaient aux travaux domestiques; mais il en devait voir un plus grand nombre, en dehors de l'enceinte fortifiée, sur les chemins et dans la campagne.

A quelle catégorie de ce personnel du préside appartenait Carpena, avant tout, il importait de le savoir. En effet, le plan du docteur pouvait être modifié, suivant que l'Espagnol, enfermé ou libre, travaillerait chez des particuliers ou pour le compte de l'État.

« Mais, dit-il à Pierre, comme sa condamnation est récente, il est probable qu'il ne jouit pas encore des avantages accordés aux condamnés plus anciens pour leur bonne conduite.

— Et s'il est renfermé? demanda Pierre.

— Son enlèvement sera plus difficile. répondit le docteur, mais, il faut qu'il se fasse, et il se fera! »

Cependant la voiture roulait doucement sur la route au petit pas des chevaux. A deux cents mètres en dehors des fortifications, un certain nombre de déportés, sous la surveillance des agents du préside, travaillaient à l'empierrement de la route. Il y en avait là une cinquantaine, les uns cassant des cailloux, les autres les répandant sur la chaussée ou les écrasant au moyen de rouleaux compresseurs. Aussi la voiture avait-elle dû suivre cette partie latérale du chemin, où la réfection ne se faisait pas encore.

Soudain le docteur saisit le bras de Pierre Bathory.

« Lui ! » dit-il à voix basse.

Un homme se tenait là, à vingt pas de ses compagnons, appuyé sur le manche de sa pioche.

C'était Carpena.

Le docteur, après quinze ans, venait de reconnaître le paludier de l'Istrie sous son habit de condamné, comme Maria Ferrato l'avait reconnu sous son habit maltais dans les ruelles du Manderaggio. Ce criminel, aussi fainéant qu'impropre à tout métier, n'aurait pas même pu être employé dans les ateliers du préside. Casser des pierres sur une route, il n'était bon qu'à cette rude besogne.

Mais si le docteur l'avait reconnu, Carpena ne pouvait reconnaître en lui le comte Mathias Sandorf. A peine l'avait-il entrevu dans la maison du pêcheur Andréa Ferrato, au moment où il y amenait les agents de la police. Cependant, comme tout le monde, il venait d'apprendre l'arrivée du docteur Antékirtt à Ceuta. Or, ce docteur si renommé, — Carpena ne l'ignorait pas, — c'était le personnage dont lui avait parlé Zirone pendant leur entretien près des grottes de Polyphème sur la côte de Sicile, c'était l'homme dont Sarcany recommandait avant tout de se défier, c'était le millionnaire à propos duquel la bande de Zirone avait tenté cet inutile coup de main de la Casa Inglese.

Que se passa-t-il dans l'esprit de Carpena, lorsqu'il se trouva inopinément en présence du docteur? Quelle fut l'impression dont son cerveau fut saisi avec cette instantanéité qui caractérise certains procédés photographiques? Cela serait assez difficile à dire. Mais, en réalité, ce que l'Espagnol sentit soudain, c'est que le docteur s'emparait de lui tout entier par une sorte d'ascendant moral, que sa personnalité s'annihilait devant la sienne, qu'une volonté étrangère, plus forte que sa propre volonté, l'envahissait. En vain voulut-il résister : il ne put que céder à cette domination.

Cependant le docteur, ayant fait arrêter sa voiture, continuait à le regarder avec une fixité pénétrante. Le point brillant de ses yeux produisait sur le cerveau de Carpena un étrange et irrésistible effet. Les sens de l'Espagnol s'éteignirent peu à peu par obtusion. Ses paupières clignotèrent, se fermèrent, ne conservant plus qu'une vibration frémissante. Puis, dès que l'anesthésie fut complète, il tomba sur le bord de la route, sans que ses compagnons se fussent aperçus de rien. D'ailleurs, il était endormi d'un sommeil magnétique dont aucun d'eux n'eût pu le tirer.

Alors le docteur donna l'ordre de se remettre en route pour la résidence du gouverneur. Cette scène ne l'avait pas retenu plus d'une demi-minute. Personne n'avait pu remarquer ce qui venait de se passer entre l'Espagnol et lui, — personne, si ce n'est Pierre Bathory.

« Maintenant, cet homme est à moi, lui dit le docteur, et je puis le contraindre...

— A nous apprendre tout ce qu'il sait? demanda Pierre.

— Non, mais à faire tout ce que je voudrai qu'il fasse, et cela, inconsciemment. Au premier regard que j'ai d'abord jeté sur ce misérable, j'ai senti que je pourrais devenir son maître, substituer ma volonté à la sienne.

— Cet homme, pourtant, n'est point un malade.

— Eh! crois-tu donc que ces effets de l'hypnose ne se produisent que chez les névropathes? Non, Pierre, les plus réfractaires sont encore les aliénés. Il faut, au contraire, que le sujet ait une volonté, et j'ai été servi par les circonstances en trouvant dans ce Caperna une nature toute disposée à subir mon influence. Aussi va-t-il rester endormi tant que je n'interviendrai pas pour faire cesser son sommeil.

— Soit, répondit Pierre, mais à quoi bon, puisque, même en l'état où il se trouve maintenant, il est impossible de le faire parler de ce que nous avons intérêt à savoir!

— Sans doute, répondit le docteur, et il est bien évident que je ne peux lui faire dire une chose que j'ignore moi-même. Mais, ce qui est en mon pouvoir, c'est de l'obliger à faire, et quand cela me conviendra, ce que je voudrai qu'il fasse, sans que sa volonté puisse s'y opposer. Par exemple, demain, après-demain, dans huit jours, dans six mois, même lorsqu'il sera en état de veille, si je veux qu'il quitte le préside, il le quittera!...

— Quitter le préside, répliqua Pierre, en sortir librement?... Encore faudrait-il que ses gardiens le lui permissent! L'influence de la suggestion ne peut aller jusqu'à lui faire rompre sa chaîne, ni briser la porte du bagne, ni franchir un mur infranchissable...

— Non, Pierre, répondit le docteur, je ne puis l'obliger à faire ce que je ne pourrais faire moi-même, et c'est pour ce motif que je vais rendre visite au gouverneur de Ceuta! »

Le docteur Antékirtt n'exagérait en rien. Ces faits de suggestion dans l'état hypnotique sont maintenant reconnus. Les travaux, les observations de Charcot, de Brown-Séquard, d'Azam, de Richet, de Dumontpallier, de Maudsley, de Bernheim, de Hack Tuke, de Rieger, de tant d'autres savants, ne peuvent plus laisser aucun doute à leur égard. Pen-

2

dant ses voyages en Orient, le docteur avait pu en étudier des plus curieux et apporter à cette branche de la physiologie un riche contingent d'observations nouvelles. Il était donc très au courant de ces phénomènes et des résultats qu'on peut en tirer. Doué lui-même d'une grande puissance suggestive, qu'il avait souvent exercée en Asie-Mineure, c'était sur cette puissance qu'il comptait pour s'emparer de Carpena — puisque le hasard avait fait que l'Espagnol ne fût pas réfractaire à cette influence.

Mais, si le docteur était désormais maître de Carpena, s'il pouvait le faire agir comme et quand il le voudrait, en lui suggérant sa propre volonté, encore fallait-il que le prisonnier eût la liberté de ses mouvements, lorsque le moment serait venu de lui faire accomplir tel ou tel acte. Pour cela, l'autorisation du gouverneur était nécessaire. Or, cette autorisation, le docteur espérait bien l'obtenir du colonel Guyarre, de manière à rendre possible l'évasion de l'Espagnol.

Dix minutes plus tard, la voiture arrivait à l'entrée des grandes casernes qui s'élèvent presque à la limite de l'enclave, et elle s'arrêtait devant la résidence du gouverneur.

Le colonel Guyarre avait été déjà informé de la présence du docteur Antekirtt à Ceuta. Ce person-

nage célèbre, grâce à la réputation que lui faisaient
ses talents et sa fortune, était comme une sorte
de souverain en voyage. Aussi, après qu'il eut été
introduit dans le salon de la résidence, le gouverneur lui fit-il beaucoup d'accueil ainsi qu'à son
jeune compagnon, Pierre Bathory. Et, tout d'abord,
il voulut se mettre à leur entière disposition pour
visiter l'enclave, ce « petit morceau de l'Espagne, si
heureusement découpé dans le territoire marocain. »

« Nous acceptons volontiers, monsieur le gouverneur, répondit le docteur, en espagnol, — langue
que Pierre comprenait et parlait couramment comme
lui. Mais je ne sais trop si nous aurons le temps de
mettre à profit votre obligeance.

— Oh! la colonie n'est pas grande, docteur Antékirtt, répondit le gouverneur. En une demi-journée
on en a fait le tour? D'ailleurs, ne comptez-vous
pas y séjourner quelque temps?

— Quatre ou cinq heures à peine, dit le docteur.
Je dois repartir ce soir même pour Gibraltar, où
je suis attendu demain, dans la matinée.

— Repartir ce soir même! s'écria le gouverneur.
Permettez-moi d'insister! Je vous assure, docteur
Antékirtt, que notre colonie militaire est digne
d'être étudiée à fond! Sans doute, vous avez beaucoup vu, beaucoup observé pendant vos voyages;

mais, ne fût-ce qu'au point de vue de son système pénitencier, je vous assure que Ceuta mérite d'attirer l'attention des savants, comme celle des économistes ! »

Naturellement, le gouverneur n'était pas sans mettre quelque amour-propre à vanter sa colonie. Il n'exagérait rien, cependant, et le système administratif du préside de Ceuta, — identique à celui des présides de Séville, — est considéré comme l'un des meilleurs de l'Ancien et du Nouveau Monde, aussi bien en ce qui touche l'état matériel des déportés que leur amélioration morale. Le gouverneur insista donc pour qu'un homme aussi éminent que le docteur Antékirtt voulût bien retarder son départ, afin d'honorer de sa visite les divers services du pénitencier.

« Cela me serait impossible, monsieur le gouverneur ; mais aujourd'hui, je vous appartiens, et si vous le voulez...

— Il est déjà quatre heures, reprit le colonel Guyarre, et vous le voyez, il nous reste bien peu de temps...

— En effet, répondit le docteur, et j'en suis d'autant plus contrarié, que, si vous tenez à me faire les honneurs de votre colonie, j'aurais voulu vous faire les honneurs de mon yacht !

— Ne pourriez-vous pas, docteur Antékirtt, remettre d'un jour votre départ pour Gibraltar?

— Je le ferais certainement, monsieur le gouverneur, si un rendez-vous, convenu pour demain, je vous le répète, ne m'obligeait à prendre la mer ce soir même!

— Voilà qui est véritablement regrettable, répondit le gouverneur, et je ne me consolerai jamais de n'avoir pu vous retenir plus longtemps! Mais prenez garde! Je tiens votre bâtiment sous le canon de mes forts, et il ne dépend que de moi de le couler sur place!

— Et les représailles, monsieur le gouverneur! répondit en riant le docteur. Voudriez-vous donc vous mettre en guerre avec le puissant royaume d'Antékirtta?

— Je sais que ce serait risquer gros jeu! répondit le gouverneur sur le même ton de plaisanterie. Mais que ne risquerait-on pas pour vous garder vingt-quatre heures de plus! »

Sans avoir pris part à cette conversation, Pierre se demandait si le docteur avait ou non cheminé vers le but qu'il voulait atteindre. Cette résolution de quitter Ceuta le soir même ne laissait pas de l'étonner quelque peu. Comment, en un si court laps de temps, parviendrait-on à combiner les me-

2.

sures indispensables pour amener l'évasion de Carpena? Avant quelques heures, les condamnés seraient rentrés au préside et enfermés pour la nuit.
Dans ces conditions, obtenir que l'Espagnol eût la
possibilité d'en sortir, cela ne laissait pas d'être fort
problématique.

Mais Pierre comprit que le docteur suivait un
plan nettement arrêté, quand il lui entendit répondre :

« Vraiment, monsieur le gouverneur, je suis
désespéré de ne pouvoir vous accorder satisfaction
à ce sujet, — aujourd'hui du moins! Cependant,
peut-être serait-il possible de tout arranger?

— Parlez, docteur Antékirtt, parlez!

— Puisque je dois être demain matin à Gibraltar,
il est nécessaire que je parte ce soir. Mais j'estime
que mon séjour sur ce roc anglais ne doit pas durer
plus de deux à trois jours. Or, c'est aujourd'hui
jeudi, et, au lieu de continuer mon voyage au nord
de la Méditerranée, rien ne me sera plus facile
que de repasser dimanche matin par Ceuta...

— Rien de plus facile, en effet, répondit le gouverneur, et aussi rien de plus obligeant pour moi!
J'y mets quelque amour-propre sans doute! Eh! qui
n'a pas sa pointe de vanité en ce monde? Ainsi,
c'est **convenu**, docteur Antékirtt, à dimanche?

— Oui, mais à une condition !

— Quelle qu'elle soit, je l'accepte !

— C'est que vous voudrez bien venir déjeuner, avec votre aide-de-camp, à bord du *Ferrato*.

— Je m'y engage, docteur Antékirtt, je m'y engage... mais à une condition aussi !

— Comme vous, monsieur le gouverneur, et, quelle qu'elle soit, je l'accepte d'avance !

— C'est que monsieur Bathory et vous, répondit le gouverneur, vous accepterez de venir dîner à la résidence.

— Voilà qui est entendu, dit le docteur, de sorte qu'entre le déjeuner et le dîner...

— J'abuserai de mon autorité pour vous faire admirer toutes les splendeurs de mon royaume! » répondit le colonel Guyarre en serrant la main du docteur.

Pierre Bathory avait également accepté l'invitation qui venait de lui être faite, en s'inclinant devant le très obligeant et le très satisfait gouverneur de Ceuta.

Le docteur se prépara alors à prendre congé, et Pierre pouvait déjà lire dans ses yeux qu'il était arrivé à ses fins. Mais le gouverneur voulut accompagner ses futurs hôtes jusqu'à la ville. Tous trois prirent donc place dans la voiture et suivirent

l'unique route qui met la résidence en communication avec Ceuta.

Si le gouverneur profita de l'occasion pour faire
admirer les beautés plus ou moins contestables de
la petite colonie, s'il parla des améliorations qu'il
se proposait d'y introduire au point de vue militaire
et civil, s'il ajouta que cette situation de l'ancien
Abyla valait au moins celle de Calpé, de l'autre côté
du détroit, s'il affirma qu'il serait possible d'en faire
un véritable Gibraltar, aussi imprenable que son
pendant britannique, s'il protesta contre ces inso-
lentes paroles de M. Ford : « Que Ceuta devrait
appartenir à l'Angleterre, parce que l'Espagne n'en
sait rien faire et sait à peine la garder, » enfin, s'il
se montra très irrité contre ces tenaces Anglais qui
ne peuvent mettre un pied quelque part sans que ce
pied y prenne aussitôt racine, cela ne saurait étonner de la part d'un Espagnol.

« Oui, s'écria-t-il, avant de songer à s'emparer
de Ceuta, qu'ils songent donc à garder Gibraltar! Il
y a là une montagne que l'Espagne pourrait bien
un jour leur secouer sur la tête ! »

Le docteur, sans demander comment les Espagnols pourraient provoquer une telle commotion
géologique, ne voulut point contester cette as-
sertion, lancée avec toute l'exaltation d'un hidalgo.

D'ailleurs, la conversation fut interrompue par un arrêt subit de la voiture. Le cocher avait dû retenir ses chevaux devant un rassemblement d'une cinquantaine de déportés, qui barrait alors la route.

Le gouverneur fit signe à un des brigadiers de venir lui parler. Cet agent s'avança aussitôt vers la voiture, en marchant d'un pas réglementaire. Puis, les deux pieds joints, la main à la visière de sa casquette, il attendit militairement.

Tous les autres, prisonniers et gardiens, s'étaient rangés de chaque côté de la route.

« Qu'y a-t-il? demanda le gouverneur.

— Excellence, répondit le brigadier, c'est un condamné que nous avons trouvé couché sur le talus. Il paraît n'être qu'endormi, et pourtant, on ne peut pas parvenir à le réveiller.

— Depuis combien de temps est-il dans cet état?

— Depuis une heure environ.

— Et il dort toujours?

— Toujours, Excellence. Il est aussi insensible que s'il était mort! On l'a remué, on l'a piqué, on lui a même tiré un coup de pistolet à l'oreille : il ne sent rien, il n'entend rien!

— Pourquoi n'est-on pas allé chercher le médecin du préside? demanda le gouverneur.

— Je l'ai envoyé chercher, Excellence, mais il

était sorti, et, en attendant qu'il vienne, nous ne
savons que faire de cet homme.

— Eh bien, qu'on le porte à l'hôpital ! »

Le brigadier allait faire exécuter cet ordre, quand
le docteur, intervenant :

« Monsieur le gouverneur, dit-il, voulez-vous me
permettre, en ma qualité de médecin, d'examiner
ce dormeur récalcitrant ? Je ne serais pas fâché de
le voir de plus près !

— Et, au fait, c'est bien votre affaire ! répondit le
gouverneur. Un drôle qui va être soigné par le
docteur Antékirtt !... En vérité, il n'aura pas à se
plaindre ! »

Tous trois descendirent de la voiture, et le docteur
s'approcha du condamné, qui était couché sur le
talus de la route. Chez cet homme profondément
endormi, la vie ne se manifestait plus que par une
respiration un peu haletante et la fréquence du
pouls.

Le docteur fit signe que l'on s'écartât de lui.
Puis, se penchant sur ce corps inerte, il lui parla
à voix basse et le regarda longuement, comme s'il
eût voulu faire pénétrer dans son cerveau une de
ses volontés.

Se relevant alors :

« Ce n'est rien ! dit-il. Cet homme est tout sim-

plement tombé dans un accès de sommeil magné--
tique!

— Vraiment? dit le gouverneur. Voilà qui est
fort curieux! Et vous pouvez le tirer de ce sommeil?...

— Rien n'est plus facile! » répondit le docteur.

Et, après avoir touché le front de Carpena, il lui
souleva légèrement les paupières en disant :

« Réveillez-vous!.. Je le veux! »

Carpena s'agita, ouvrit les yeux, tout en conti-
nuant de rester dans un certain état de somno-
lence. Le docteur lui passa plusieurs fois et trans-
versalement sa main devant la figure, afin d'agiter
la couche d'air, et peu à peu son engourdissement
se dissipa. Aussitôt il se releva; puis, sans avoir
aucunement conscience de ce qui s'était passé, il
alla se replacer au milieu de ses compagnons.

Le gouverneur, le docteur et Pierre Bathory remontèrent dans la voiture qui reprit sa marche vers
la ville.

« En somme, demanda le gouverneur, est-ce
que ce drôle n'avait pas un peu bu?

— Je ne crois pas, répondit le docteur. Il n'y
avait là qu'un simple effet de somnambulisme.

— Mais comment s'était-il produit ?

— A cela je ne peux répondre, monsieur le gouverneur. Peut-être cet homme est-il sujet à de tels accès? Mais, maintenant, le voilà sur pied, et il n'y paraîtra plus! »

Bientôt la voiture arriva à l'enceinte des fortifications, entra dans la ville, la traversa obliquement, et vint s'arrêter sur la petite place qui domine les quais d'embarquement.

Le docteur et le gouverneur prirent alors congé l'un de l'autre avec beaucoup de cordialité.

« Voilà le *Ferrato*, dit le docteur, en montrant le steam-yacht que la houle balançait gracieusement au large. Vous n'oublierez pas, monsieur le gouverneur, que vous avez bien voulu accepter de déjeuner à mon bord dimanche matin?

— Pas plus que vous n'oublierez, docteur Antékirtt, que vous devez dîner à la résidence dimanche soir!

— Je n'aurai garde d'y manquer! »

Tous deux se séparèrent, et le gouverneur ne quitta pas le quai qu'il n'eût vu s'éloigner la baleinière.

Et, quand ils furent de retour, le docteur dit à Pierre, qui lui demandait si tout s'était passé comme il le désirait :

« Oui!... Dimanche soir, avec la permission du

gouverneur de Ceuta, Carpena sera à bord du *Ferrato!* »

A huit heures, le steam-yacht quitta son mouillage, prit la direction du nord, et le mont Hacho,
qui domine cette portion de la côte marocaine, eut
bientôt disparu dans les brumes de la nuit.

II

UNE EXPÉRIENCE DU DOCTEUR.

Le passager, auquel on n'a rien dit de la destination du navire qui le porte, ne peut deviner sur quel point du globe il met le pied, lorsqu'il débarque à Gibraltar.

Tout d'abord, c'est un quai, coupé de petites darses pour l'accostage des embarcations, puis le bastion d'un mur d'enceinte, percé d'une porte sans caractère, ensuite une place irrégulière, bordée de hautes casernes qui s'étagent sur la colline, enfin l'amorce d'une longue rue, étroite et sinueuse, qui a nom Main-Street.

Au débouché de cette rue, dont le macadam reste humide par tous les temps, au milieu des portefaix, des contrebandiers, des cireurs de bottes, des ven-

deurs de cigares et d'allumettes, entre les haquets,
les fardiers, les charrettes de légumes et de fruits,
vont et viennent, dans un pêle-mêle cosmopolite,
des Maltais, des Marocains, des Espagnols, des Ita-
liens, des Arabes, des Français, des Portugais, des
Allemands, — un peu de tout enfin, même des ci-
toyens du Royaume-Uni, qui sont plus spécialement
représentés par les fantassins à veste rouge et les
artilleurs à veste bleuâtre, coiffés de ce tourteau de
mitron, lequel ne tient sur l'oreille que par un miracle d'équilibre.

On est pourtant à Gibraltar, et cette Main-Street
dessert toute la ville, depuis la Porte de Mer jusqu'à
la porte d'Alameda. De là, elle se prolonge vers
la pointe d'Europe, à travers les villas multicolores
et les squares verdoyants, sous l'ombrage de grands
arbres, au milieu des parterres de fleurs, des parcs
de boulets, des batteries de canons de tous les mo-
dèles, des massifs de plantes de toutes les zones, sur
une longueur de quatre mille trois cents mètres.
C'est à peu près celle du rocher de Gibraltar, sorte
de dromadaire sans tête, accroupi sur les sables
de San Roque, et dont la queue traîne dans la mer
méditerranéenne.

Cet énorme rocher s'élève de quatre cent vingt-
cinq mètres, à pic, du côté du continent qu'il

menace de ses canons, les « dents de la vieille! »
disent les Espagnols, — plus de sept cents pièces
d'artillerie, dont les gueules s'allongent à travers les
innombrables embrasures des casemates. Vingt
mille habitants, six mille hommes de garnison, sont
groupés sur les premières assises de la montagne
que baignent les eaux du golfe, — sans compter les
quadrumanes, ces fameux « monos, » singes sans
queue, ces descendants des plus anciennes familles
de l'endroit, en réalité, les véritables propriétaires
du sol, qui occupent encore les hauteurs de l'antique Calpé. Du sommet de ce mont, on domine
le détroit, on observe tout le rivage marocain, on
découvre la Méditerranée d'un côté, l'Atlantique de
l'autre, et les longues-vues anglaises ont un horizon
de deux cents kilomètres qu'il est aisé de fouiller
jusque dans ses moindres réduits, — et qu'elles
fouillent.

Si, par une heureuse circonstance, le *Ferrato* fût
arrivé deux jours plus tôt sur la rade de Gibraltar,
si, entre le lever et le coucher du soleil, le docteur
Antékirtt et Pierre Bathory eussent débarqué sur
le petit quai, franchi la porte de Mer, suivi la
Main-Street, dépassé la porte d'Alameda pour gagner les beaux jardins qui s'élèvent jusqu'à mi-
colline, sur la gauche, peut-être les événements rap-

portés dans ce récit auraient-ils eu un cours plus rapide, et sans doute, très différent.

En effet, le 19 septembre, dans l'après-midi, sur un de ces hauts bancs de bois, qui meublent les squares anglais, à l'abri des grands arbres, le dos tourné aux batteries rasantes de la rade, deux personnes causaient en prenant soin de ne point être entendues des promeneurs : c'étaient Sarcany et Namir.

On ne l'a pas oublié, Sarcany devait rejoindre Namir en Sicile, au moment où fut faite cette expédition de la Casa Inglese, qui se termina par la mort de Zirone. Prévenu à temps, Sarcany changea son plan de campagne, d'où il résulta que le docteur l'attendit vainement pendant les huit jours qu'il passa au mouillage de Catane. De son côté, sur les ordres qu'elle reçut, Namir quitta immédiatement la Sicile, afin de retourner à Tétuan, où elle résidait alors. Puis, ce fut de Tétuan qu'elle revint à Gibraltar, où Sarcany venait de lui donner rendez-vous. Il y était arrivé la veille, il en comptait repartir le lendemain.

Namir, cette sauvage compagne de Sarcany, lui était dévouée corps et âme. C'était elle qui l'avait élevé dans les douars de la Tripolitaine comme si elle eût été sa mère. Elle ne l'avait

3.

jamais quitté, même alors qu'il exerçait le métier de courtier dans la Régence, où de secrètes accointances l'unissaient aux redoutables sectaires du Senoûsisme, dont les projets menaçaient Antékirtta, ainsi qu'il a été dit plus haut.

Namir, de moitié dans ses pensées comme dans ses actes, liée à Sarcany par une sorte d'amour maternel, lui était plus attachée peut-être que ne l'avait jamais été Zirone, son compagnon de plaisirs et de misères. Sur un signe de lui, elle eût commis un crime, sur un signe, elle eût été à la mort, sans hésiter. Sarcany pouvait donc avoir en Namir une confiance absolue, et, s'il l'avait fait venir à Gibraltar, c'est qu'il voulait lui parler de Carpena dont il avait maintenant tout à craindre.

Cet entretien était le premier qu'ils eussent eu depuis l'arrivée de Sarcany à Gibraltar, ce devait être le seul, et il se fit en langue arabe.

Tout d'abord, Sarcany débuta par une question et reçut une réponse que tous deux regardaient, sans doute, comme des plus importantes, puisque leur avenir en dépendait.

« Sava?... demanda Sarcany.

— Elle est en sûreté à Tétuan, répondit Namir, et, à cet égard, tu peux être tranquille!

— Mais, pendant ton absence?...

— Pendant mon absence, la maison est confiée à une vieille juive, qui ne la quittera pas d'un instant! C'est comme une prison où personne ne pénètre et ne peut pénétrer! Sava, d'ailleurs, ne sait pas qu'elle est à Tétuan, elle ne sait pas qui je suis, elle ignore même qu'elle est en ton pouvoir.

— Tu lui parles toujours de ce mariage?...

— Oui, Sarcany, répondit Namir. Je ne la laisse pas se déshabituer de l'idée qu'elle doit être ta femme, et elle la sera!

— Il le faut, Namir, il le faut, d'autant plus que, de la fortune de Toronthal, il ne reste que peu de chose maintenant!... En vérité, le jeu ne lui réussit guère à ce pauvre Silas!

— Tu n'auras pas besoin de lui, Sarcany, pour redevenir plus riche que tu ne l'as jamais été!

— Je le sais Namir, mais la date extrême, à laquelle mon mariage avec Sava doit être fait, approche! Or, il me faut un consentement volontaire de sa part, et, si elle refuse...

— Je la forcerai bien à se soumettre! répondit Namir. Oui! je lui arracherai ce consentement!... Tu peux t'en rapporter à moi, Sarcany! »

Et il eût été difficile d'imaginer une physionomie plus résolue, plus farouche que celle de la Marocaine, pendant qu'elle s'exprimait de la sorte.

« Bien, Namir! répondit Sarcany. Continue à faire bonne garde! Je ne tarderai pas à te rejoindre!

— Est-ce qu'il n'entre pas dans tes projets de nous faire bientôt quitter Tétuan? demanda la Marocaine.

— Non, tant que je n'y serai pas forcé, puisque personne n'y connaît et n'y peut connaître Sava! Si les événements m'obligeaient à te faire partir, tu serais avertie à temps.

— Et maintenant, Sarcany, reprit Namir, dis-moi pourquoi tu m'as fait venir à Gibraltar?

— C'est parce que j'ai à te parler de certaines choses qu'il vaut mieux dire qu'écrire.

— Parle donc, Sarcany, et s'il s'agit d'un ordre, quel qu'il soit, je me charge de l'exécuter.

— Voici quelle est maintenant ma situation, répondit Sarcany. Madame Bathory a disparu, et son fils est mort! De cette famille je n'ai donc plus rien à craindre! Madame Toronthal est morte, et Sava est en mon pouvoir! De ce côté, je suis tranquille aussi! Des autres personnes qui connaissent ou ont connu mes secrets, l'une, Silas Toronthal, mon complice, est sous ma domination absolue; l'autre, Zirone, a péri dans sa dernière expédition en Sicile. Ainsi, de tous ceux que je viens de nommer, aucun ne peut parler, aucun ne parlera!

— Qui crains-tu alors? demanda Namir.

— Je crains uniquement l'intervention de deux individus, dont l'un sait une partie de mon passé, et dont l'autre semble vouloir se mêler à mon présent plus qu'il ne me convient!

— L'un est Carpena?... demanda Namir.

— Oui, répondit Sarcany, et l'autre, c'est ce docteur Antékirtt, dont les rapports avec la famille Bathory, à Raguse, m'avaient toujours paru très suspects! D'ailleurs, j'ai appris par Benito, l'hôtelier de Santa-Grotta, que ce personnage, riche à millions, avait tendu un piège à Zirone par l'entremise d'un certain Pescador, à son service. Or, s'il l'a fait, c'était certainement pour s'emparer de sa personne, — à défaut de la mienne, — et lui arracher ses secrets!

— Cela n'est que trop évident, répondit Namir. Plus que jamais tu dois te défier de ce docteur Antékirtt...

— Et autant que possible, il faudra toujours savoir ce qu'il fait, et surtout où il est!

— Chose difficile, Sarcany, répondit Namir, car, ainsi que je l'ai entendu dire à Raguse, un jour il est à un bout de la Méditerranée, et le lendemain, il est à l'autre!

— Oui! Cet homme-là semble avoir le don d'ubi-

quité! s'écria Sarcany. Mais il ne sera pas dit que
je le laisserai se jeter à travers mon jeu sans y
faire obstacle, et quand je devrais aller le chercher
jusque dans son île Antékirtta, je saurai bien...

— Le mariage fait, répondit Namir, tu n'auras
plus rien à craindre de lui ni de personne!

— Sans doute, Namir... et jusque-là...

— Jusque-là, nous serons sur nos gardes! D'ailleurs, nous aurons toujours un avantage : ce sera
de savoir où il est, sans qu'il puisse savoir où nous
sommes! Parlons maintenant de Carpena. Sarcany,
qu'as-tu à redouter de cet homme?

— Carpena sait quels ont été mes rapports avec
Zirone! Depuis plusieurs années, il était mêlé à
diverses expéditions dans lesquelles j'avais la main,
et il peut parler...

— D'accord, mais Carpena est maintenant au
préside de Ceuta, condamné aux galères perpé-
tuelles!

— Et c'est là ce qui m'inquiète, Namir!... Oui!
Carpena, pour améliorer sa situation, pour obtenir
un adoucissement, peut faire des révélations! Si
nous savons qu'il a été déporté à Ceuta, d'autres
le savent aussi, d'autres le connaissent personnel-
lement, — ne fût-ce que ce Pescador qui l'a si ha-
bilement joué à Malte. Or, par cet homme, le doc-

teur Antékirtt doit avoir le moyen d'arriver jusqu'à lui! Il peut vouloir lui acheter ses secrets à prix d'or! Il peut même essayer de le faire évader du préside! En vérité, Namir, cela est tellement indiqué que je me demande pourquoi il ne l'a pas encore fait! »

Sarcany, très intelligent, très perspicace, avait précisément deviné quels étaient les projets du docteur vis-à-vis de l'Espagnol, il comprenait tout ce qu'il en devait craindre.

Namir dut convenir que Carpena pouvait devenir très dangereux dans la situation où il se trouvait actuellement.

« Pourquoi, s'écria Sarcany, pourquoi n'est-ce pas lui plutôt que Zirone qui ait disparu là-bas!

— Mais ce qui ne s'est pas fait en Sicile, répondit froidement Namir, ne peut-il se faire à Ceuta? »

C'était la question nettement posée. Namir expliqua alors à Sarcany que rien ne lui était plus facile que de venir de Tétuan à Ceuta, aussi souvent qu'elle le voudrait. Une vingtaine de milles au plus séparent ces deux villes, Tétuan se trouvant un peu en retour de la colonie pénitentiaire, dans le sud de la côte marocaine. Or, puisque les condamnés travaillent sur les routes ou circulent dans la ville, il lui serait très aisé d'entrer en communication avec Carpena, qui la connaissait, de lui laisser croire que Sarcany s'occupait de le faire évader, de lui remettre même un peu d'argent ou quelque supplément au menu ordinaire du pénitencier. Et s'il arrivait qu'un morceau de pain, un fruit fût empoisonné, qui s'inquiéterait de la mort de Carpena, qui en rechercherait les causes?

Un coquin de moins au préside, cela n'était pas pour inquiéter outre mesure le gouverneur de Ceuta! Alors Sarcany n'aurait plus rien à redouter de l'Espagnol, ni des tentatives du docteur Antékirtt, intéressé à connaître ses secrets.

En somme, de cet entretien il allait résulter ceci : pendant que les uns s'occuperaient de préparer l'évasion de Carpena, les autres tenteraient de la rendre impossible, en l'envoyant prématurément dans ces présides de l'autre monde, d'où l'on ne peut plus s'enfuir!

Tout étant convenu, Sarcany et Namir rentrèrent dans la ville et se séparèrent. Le soir même, Sarcany quittait l'Espagne pour rejoindre Silas Toronthal, et le lendemain, Namir, après avoir traversé la baie de Gibraltar, allait s'embarquer à Algésiras sur le paquebot qui fait régulièrement le service entre l'Europe et l'Afrique.

Or, précisément, en sortant du port, ce paquebot

croisa un yacht de plaisance, qui se promenait sur la baie de Gibraltar, avant d'aller prendre son mouillage dans les eaux anglaises.

C'était le *Ferrato*. Namir, qui l'avait vu pendant sa relâche à Catane, le reconnut parfaitement.

« Le docteur Antékirtt ici! murmura-t-elle. Sarcany a raison, il y a un danger, et ce danger est proche! »

Quelques heures après, la Marocaine débarquait à Ceuta. Mais, avant de retourner à Tétuan, elle prenait ses mesures afin de se mettre en rapport avec l'Espagnol. Son plan était simple, il devait réussir, si le temps ne lui manquait pas pour l'exécuter.

Mais une complication avait surgi, à laquelle Namir ne pouvait s'attendre. Carpena, à la suite de cette intervention du docteur, lors de sa première visite à Ceuta, s'était donné comme malade, et, si peu qu'il le fût, il avait obtenu d'entrer à l'hôpital du pénitencier pour quelques jours. Namir en fut donc réduite à rôder autour de l'hôpital, sans pouvoir arriver jusqu'à lui. Toutefois, ce qui la rassurait, c'est que si elle ne pouvait voir Carpena, évidemment le docteur Antékirtt et ses agents ne le verraient pas davantage. Donc, pensait-elle, il n'y avait pas péril en la demeure. En effet, aucune

évasion n'était à craindre, tant que le condamné
n'aurait pas repris son travail sur les routes de la
colonie.

Namir se trompait dans ses prévisions. L'entrée
de Carpena à l'hôpital du pénitencier allait au contraire favoriser les projets du docteur, et très probablement en amener la réussite.

Le *Ferrato* prit son mouillage dans la soirée
du 22 septembre, au fond de cette baie de Gibraltar, que battent trop fréquemment les vents
d'est et de sud-ouest. Mais le steam-yacht n'y devait
passer que la journée du 23, c'est-à-dire le samedi.
Aussi le docteur et Pierre, après avoir débarqué dans
la matinée, se rendirent-ils au Post-Office de Main-
Street, où des lettres les attendaient, bureau restant.

L'une, adressée au docteur par un de ses agents
de Sicile, lui mandait que, depuis le départ du *Ferrato*, Sarcany n'avait reparu ni à Catane, ni à Syra-
cuse, ni à Messine.

L'autre, adressée à Pierre Bathory par Pointe
Pescade, l'informait qu'il allait infiniment mieux,
qu'aucune trace ne lui resterait de sa blessure. Le
docteur Antékirtt pourrait lui faire reprendre son
service, dès qu'il le voudrait, en compagnie de Cap
Matifou, qui leur présentait à tous deux ses res-
pectueux hommages d'Hercule au repos.

La troisième, enfin, adressée à Luigi venait de Maria. C'était plus que la lettre d'une sœur, c'était la lettre d'une mère.

Si, trente-six heures plus tôt, le docteur et Pierre Bathory se fussent promenés dans les jardins de Gibraltar, ils s'y seraient rencontrés avec Sarcany et Namir.

Cette journée fut employée à remplir les soutes du *Ferrato* avec l'aide de gabarres qui vont prendre le charbon aux magasins flottants, mouillés en rade. On renouvela également la provision d'eau douce, tant pour les chaudières que pour les caisses et charniers du steam-yacht. Tout était donc paré, lorsque le docteur et Pierre, qui avaient dîné dans un hôtel de Commercial Square, revinrent à bord, au moment où le canon, le « first gun fire », annonçait la fermeture des portes de cette ville, aussi disciplinairement tenue qu'un pénitencier de Norfolk ou de Cayenne.

Cependant le *Ferrato* ne leva pas l'ancre le soir même. Comme il lui fallait deux heures à peine pour traverser le détroit, il n'appareilla que le lendemain, à huit heures. Puis, après avoir passé sous le feu des batteries anglaises, qui voulurent bien rectifier leur tir d'exercice pour ne pas l'atteindre en pleine coque, il se dirigea à toute vapeur vers Ceuta. A neuf heures et demie, il était au pied du mont Hacho ; mais, comme la brise soufflait du nord-ouest, la tenue n'eût pas été bonne à la place qu'il occupait trois jours avant sur la rade. Le capitaine alla donc mouiller de l'autre côté de la ville, dans une petite anse que son orientation met à l'abri des vents d'amont, et le *Ferrato* y laissa tomber l'ancre à deux encâblures du rivage.

Un quart d'heure plus tard, le docteur débarquait sur un petit môle, Namir qui le guettait, n'avait rien perdu des manœuvres du steam-yacht. Si le docteur ne put reconnaître la Marocaine dont il n'avait fait qu'entrevoir les traits dans l'ombre du bazar de Cattaro, celle-ci, qui l'avait souvent rencontré à Gravosa et à Raguse, le reconnut aussitôt. Aussi, résolut-elle de se tenir plus que jamais sur ses gardes, pendant tout le temps que durerait la relâche à Ceuta.

En débarquant, le docteur trouva le gouverneur de la colonie et un de ses aides de camp qui l'attendaient sur le quai.

« Bonjour, mon cher hôte, et soyez le bienvenu ! s'écria le gouverneur. Vous êtes homme de parole ! Et, puisque vous m'appartenez pour toute la journée au moins...

— Je ne vous appartiendrai, monsieur le gou-

verneur, que lorsque vous serez devenu mon hôte!
N'oubliez pas que le déjeuner vous attend à bord
du *Ferrato*.

— Eh bien, s'il attend, docteur Antékirtt, il ne
serait pas poli de le faire attendre ! »

La baleinière ramena à bord le docteur et ses invités. La table était luxueusement servie, et tous
firent honneur au repas préparé dans la salle à
manger du steam-yacht.

Pendant le déjeuner, la conversation porta principalement sur l'administration de la colonie, sur
les mœurs et coutumes de ses habitants, sur les
relations qui s'établissaient entre la population
espagnole et les indigènes. Incidemment, le docteur fut amené à parler de ce condamné qu'il avait
réveillé d'un sommeil magnétique, deux ou trois
jours auparavant, sur la route de la résidence.

« Il ne se souvient de rien, sans doute? demanda-
t-il.

— De rien, répondit le gouverneur, mais, en ce
moment, il n'est plus employé aux travaux d'empierrement.

— Où est-il donc? demanda le docteur, avec un
certain sentiment d'inquiétude que Pierre fut seul
à remarquer.

— Il est à l'hôpital, répondit le gouverneur. Il

parait que cette secousse a compromis sa précieuse
santé!

— Qu'est-ce que cet homme?

— Un Espagnol, nommé Carpena, un vulgaire
meurtrier, peu digne d'intérêt, docteur Antékirtt,
et, s'il venait à mourir, je vous assure que ce ne
serait point une perte pour le préside! »

Puis il fut question de tout autre chose. Sans
doute, il ne convenait pas au docteur de paraître
insister sur le cas de ce déporté, qui devait être
entièrement rétabli après quelques jours d'hôpital.

Le déjeuner terminé, le café fut servi sur le pont,
et les cigares et cigarettes s'évanouirent en fumée
sous la tente de l'arrière. Puis le docteur offrit au
gouverneur de débarquer, sans s'attarder davantage. Il lui appartenait maintenant, et il était prêt
à visiter l'enclave espagnole dans tous ses services.

L'offre fut acceptée, et jusqu'à l'heure du dîner,
le gouverneur allait avoir tout le temps de faire à
son illustre visiteur les honneurs de la colonie.

Le docteur et Pierre Bathory furent donc cons-
ciencieusement promenés à travers toute l'enclave,
ville et campagne. Il ne leur fut fait grâce d'aucun
détail, ni dans le pénitencier ni dans les casernes.
Ce jour là, — c'était un dimanche, — les déportés,

n'étant point occupés à leurs travaux ordinaires, le docteur put les observer en de nouvelles conditions. Quant à Carpena, il ne le vit qu'en passant dans une des salles de l'hôpital et ne parut pas attirer son attention.

Le docteur comptait repartir dans la nuit même pour revenir à Antékirtta, mais non sans avoir donné la plus grande partie de sa soirée au gouverneur. Aussi, vers les six heures, rentra-t-il à la résidence, où l'attendait un dîner élégamment servi, qui devait être la réplique à son déjeuner du matin.

Il va sans dire que, pendant cette promenade *intra et extra muros*, le docteur avait été suivi par Namir, ne se doutant guère qu'il fût l'objet d'un si minutieux espionnage.

On dîna fort gaîment. Quelques personnes marquantes de la colonie, plusieurs officiers et leurs femmes, deux ou trois riches négociants, avaient été invites, et ne cachèrent point le plaisir qu'ils éprouvaient à voir et à entendre le docteur Antékirtt. Le docteur parla volontiers de ses voyages en Orient, à travers la Syrie, en Arabie, dans le nord de l'Afrique. Puis, ramenant la conversation sur Ceuta, il ne put que complimenter le gouverneur qui administrait avec tant de mérite l'enclave espagnole.

« Mais, ajouta-t-il, la surveillance des condamnés doit souvent vous causer quelque souci !

— Et pourquoi, mon cher docteur?

— Parce qu'ils doivent chercher à s'évader. Or, comme tout prisonnier pense plus à prendre la fuite que ses gardiens ne pensent à l'en empêcher, il s'ensuit que l'avantage est au prisonnier, et je ne serais pas surpris qu'il en manquât quelquefois à l'appel du soir?

— Jamais, répondit le gouverneur, jamais! Où iraient-ils, ces fugitifs? Par mer, l'évasion est impossible! Par terre, au milieu de ces populations sauvages du Maroc, elle serait dangereuse! Aussi nos déportés restent-ils au préside, sinon par plaisir, du moins par prudence!

— Soit, répondit le docteur, et il faut vous en féliciter, monsieur le gouverneur, car il est à craindre que la garde des prisonniers ne devienne de plus en plus difficile à l'avenir!

— Pour quelle raison, s'il vous plaît? demanda un des convives que cette conversation intéressait d'autant plus particulièrement qu'il était directeur du pénitencier.

— Eh! monsieur, répondit le docteur. parce que l'étude des phénomènes magnétiques a fait de grands progrès, parce que ses procédés peuvent être appliqués par tout le monde, enfin parce que les effets de suggestion deviennent de plus en plus fréquents et qu'ils ne tendent à rien de moins qu'à substituer une personnalité à une autre.

— Et dans ce cas?... demanda le gouverneur.

— Dans ce cas, je pense que, s'il est bon de surveiller les prisonniers, il ne sera pas moins sage de surveiller leurs gardiens. Pendant mes voyages, monsieur le gouverneur, j'ai été témoin de faits si extraordinaires que je crois tout possible dans cet ordre de phénomènes. Ainsi, dans votre intérêt, n'oubliez pas que si un prisonnier peut s'évader inconsciemment sous l'influence d'une volonté étrangère, un gardien, soumis à la même influence, peut le laisser fuir non moins inconsciemment.

— Voudriez-vous bien nous expliquer en quoi consiste ce phénomène? demanda le directeur du pénitencier.

— Oui, monsieur, et un exemple vous le fera très aisément comprendre, répondit le docteur. Supposez qu'un gardien ait une disposition naturelle à subir l'influence magnétique ou hypnotique, c'est la même chose, et admettons qu'un prisonnier exerce sur lui cette influence... Eh bien, dès cet instant, le prisonnier est devenu le maître du gardien, il lui fera faire ce qu'il voudra, il le fera aller

où il lui plaira, il l'obligera à lui ouvrir la porte de
sa prison quand il lui en suggérera l'idée.

— Sans doute, répondit le directeur, mais à la
condition de l'avoir préalablement endormi...

— En cela vous vous trompez, monsieur, reprit
le docteur. Tous ces actes pourront s'accomplir
même dans l'état de veille, et sans que ce gardien
en ait conscience!

— Quoi, vous prétendez?...

— Je prétends ceci et je l'affirme : sous cette
influence, un prisonnier peut dire à son gardien :
« Tel jour, à telle heure, tu feras telle chose, et il la
fera! Tel jour, tu m'apporteras les clefs de ma cellule, et il les apportera! Tel jour tu ouvriras la
porte du préside, et il l'ouvrira! Tel jour, je passerai
devant toi, et tu ne me verras pas passer! »

— Étant éveillé!...

— Absolument éveillé!... »

A cette affirmation du docteur, un mouvement
d'incrédulité, peu dissimulé, se fit dans toute l'assistance.

« Rien n'est plus certain, cependant, dit alors
Pierre Bathory, et moi-même, j'ai été témoin de
pareils faits.

— Ainsi, dit le gouverneur, on peut supprimer la
matérialité d'une personne aux regards d'une autre?

— Entièrement, répondit le docteur, comme on peut, chez certains sujets, provoquer des altérations des sens telles qu'ils prendront du sel pour du sucre, du lait pour du vinaigre, ou de l'eau ordinaire pour des eaux purgatives dont ils éprouveront les effets! Rien n'est impossible en fait d'illusions ou d'hallucinations, le cerveau est soumis à cette influence.

— Docteur Antékirtt, dit alors le gouverneur, je crois répondre au sentiment général de mes invités en vous disant que ces choses-là, il faut les avoir vues pour les croire!

— Et encore!... ajouta une des personnes présentes, qui crut devoir faire cette restriction.

— Il est donc fâcheux, reprit le gouverneur, que le peu de temps que vous avez à nous donner, à Ceuta, ne vous permette pas de nous convaincre par l'expérience.

— Mais... je le puis... répondit le docteur.

— A l'instant?

— A l'instant, si vous le voulez!

— Comment donc!... Vous n'avez qu'à parler!

— Vous n'avez point oublié, monsieur le gouverneur, reprit le docteur, qu'un des condamnés du préside a été trouvé sur la route de la résidence, il y a trois jours, dormant d'un sommeil qui, je vous l'ai dit, n'était autre que le sommeil magnétique?

— En effet, dit le directeur du pénitencier, et, même, cet homme est maintenant à l'hôpital.

— Vous vous souvenez aussi que c'est moi qui l'ai réveillé, alors qu'aucun des gardiens n'avait pu y réussir?

— Parfaitement.

— Eh bien, cela a suffi à créer entre moi et ce déporté... — Comment se nomme-t-il?

— Carpena.

— ... Entre moi et ce Carpena un lien de suggestion qui le met sous ma domination absolue.

— Quand il est en votre présence?...

— Même lorsque nous sommes séparés l'un de l'autre!

— Vous étant ici, à la résidence, et lui là-bas, à l'hôpital?... demanda le gouverneur.

— Oui, et si vous voulez donner l'ordre qu'on le laisse libre, ce Carpena, qu'on ouvre devant lui les portes de l'hôpital et du pénitencier, savez-vous ce qu'il fera?...

— Eh! il se sauvera! » répondit en riant le gouverneur.

Et il faut avouer que son rire fut si communicatif que toute l'assistance s'y associa.

« Non, messieurs, reprit très sérieusement le docteur Antékirtt, ce Carpena ne se sauvera que si je veux qu'il se sauve, et ne fera que ce que je voudrai qu'il fasse!

— Et quoi, s'il vous plaît?

— Par exemple, une fois hors de prison, je puis lui ordonner de prendre le chemin de la résidence, monsieur le gouverneur.

— Et de venir ici?

— Ici même, et, si je le veux, il insistera pour vous parler.

— A moi?

— A vous, et, si vous n'y voyez pas d'inconvénient, puisqu'il obéira à toutes mes suggestions, je lui suggérerai la pensée de vous prendre pour un autre personnage... tenez!... pour le roi Alphonse XII.

— Pour sa Majesté le roi d'Espagne?

— Oui, monsieur le gouverneur, et il vous demandera...

— Sa grâce?

— Sa grâce; et, si vous n'y voyez pas d'inconvénient, la croix d'Isabelle par dessus le marché! »

Quel nouvel et général éclat de rire accueillit les dernières paroles du docteur Antékirtt!

« Et cet homme sera éveillé en faisant cela? ajouta le directeur du pénitencier.

— Aussi éveillé que nous le sommes!

5

« — Non!... Non!... Ce n'est pas croyable, ce n'est pas possible! s'écria le gouverneur.

— Faites-en l'expérience!... Ordonnez qu'on laisse à ce Carpena toute liberté d'agir!... Pour plus de sûreté, quand il aura quitté le pénitencier, recommandez qu'un ou deux gardiens le suivent de loin... Il fera tout ce que je viens de vous dire!

— C'est convenu, et quand vous voudrez...

— Il est bientôt huit heures, répondit le docteur, en consultant sa montre. Eh bien, à neuf heures?

— Soit, et, après l'expérience?...

-- Après l'expérience, Carpena rentrera tranquillement à l'hôpital, sans même conserver le plus léger souvenir de ce qui se sera passé. Je vous le répète, — et c'est la seule explication que l'on puisse donner de ce phénomène, — Carpena sera sous une influence suggestive, venant de ma part, et, en réalité, ce ne sera pas lui qui fera toutes ces choses, ce sera moi! »

Le gouverneur, dont l'incrédulité à propos de ces phénomènes était manifeste, écrivit un billet qui prescrivait au gardien-chef du préside de laisser au condamné Carpena toute liberté d'agir, en se contentant de le faire suivre à distance. Puis, ce billet fut immédiatement porté au pénitencier par un des cavaliers de la résidence.

Le dîner étant terminé, les convives se levèrent, et, sur l'invitation du gouverneur, passèrent dans le grand salon.

Naturellement, la conversation continua sur les divers phénomènes du magnétisme ou de l'hypnotisme, qui donnent lieu à tant de controverses, qui comptent tant de croyants et tant d'incrédules. Le docteur Antékirtt, pendant que les tasses de café circulaient au milieu de la fumée des cigares et des cigarettes que les Espagnoles elles-mêmes ne dédaignent pas, raconta vingt faits dont il avait été le témoin ou l'auteur, pendant l'exercice de sa profession, tous probants, tous indiscutables, mais qui ne parurent convaincre personne.

Il ajouta aussi que cette faculté de suggestion devrait très sérieusement préoccuper les législateurs, les criminalistes et les magistrats, car elle pouvait être exercée dans un but criminel. Incontestablement, grâce à ces phénomènes, il se produirait des cas où bien des crimes pourraient être commis, dont il serait presque impossible de découvrir les auteurs.

Tout à coup, à neuf heures moins vingt-sept minutes, le docteur, s'interrompant, dit :

« Carpena quitte en ce moment l'hôpital. ! »

Et, une minute après, il ajouta :

« Il vient de passer la porte du pénitencier ! »

Le ton avec lequel ces paroles furent prononcées ne laissa pas d'impressionner singulièrement les invités de la résidence. Seul, le gouverneur continuait à hocher la tête.

Puis la conversation reprit pour et contre, tous parlant un peu à la fois, jusqu'au moment, — il était neuf heures moins cinq, — où le docteur l'interrompit une dernière fois en disant :

« Carpena est à la porte de la résidence. »

Presque aussitôt un domestique entrait dans le salon et prévenait le gouverneur qu'un individu, vêtu du costume des déportés, demandait avec insistance à lui parler.

« Laissez-le entrer, » répondit le gouverneur, dont l'incrédulité commençait à faiblir devant l'évidence des faits.

Comme neuf heures sonnaient, Carpena se montra à la porte du salon. Sans paraître voir aucune des personnes présentes, bien qu'il eût les yeux parfaitement ouverts, il se dirigea vers le gouverneur, et s'agenouillant devant lui :

« Sire, dit-il, je vous demande grâce ! »

Le gouverneur, absolument interloqué, comme s'il eût été lui-même sous l'empire d'une hallucination, ne sut d'abord que répondre.

« Vous pouvez lui accorder sa grâce, dit le docteur en souriant. Il ne conservera aucun souvenir de tout ceci !

— Je te l'accorde ! répondit le gouverneur avec la dignité du roi de toutes les Espagnes.

— Et à cette grâce, Sire, reprit Carpena, toujours courbé, si vous voulez joindre la croix d'Isabelle...

— Je te la donne ! »

Carpena fit alors le geste de prendre un objet que lui aurait présenté le gouverneur, il attacha à sa veste une croix imaginaire ; puis, il se releva et sortit à reculons.

Cette fois, tous les assistants, subjugués, le suivirent jusqu'à la porte de la résidence.

« Je veux l'accompagner, je veux le voir rentrer à l'hôpital ! s'écria le gouverneur, qui luttait contre lui-même, comme s'il eût refusé de se rendre à l'évidence.

— Venez donc ! » répondit le docteur.

Et le gouverneur, Pierre Bathory, le docteur Antékirtt, accompagnés de quelques autres personnes, prirent le même chemin que Carpena, qui se dirigeait déjà vers la ville. Namir, après l'avoir épié depuis sa sortie du pénitencier, se glissant dans l'ombre, ne cessait de l'observer.

La nuit était assez obscure. L'Espagnol marchait

5.

sur la route d'un pas régulier, sans hésitation. Le gouverneur et les personnes de sa suite se tenaient à trente pas en arrière de lui, avec les deux agents du préside, qui avaient ordre de ne pas le perdre de vue.

La route, en se rapprochant de la ville, contourne l'anse que forme le second port, de ce côté du rocher de Ceuta. Sur l'eau, immobile et noire, tremblotait la réverbération de deux ou trois feux. C'étaient les hublots et le fanal du *Ferrato*, dont les formes se dessinaient vaguement, très agrandies par l'obscurité.

Arrivé en cet endroit, Carpena quitta la route et se dirigea sur la droite, vers un entassement de roches qui dominent la mer d'une douzaine de pieds. Sans doute, un geste du docteur qui n'avait été vu de personne, — peut-être même une simple suggestion mentale de sa volonté, — avait obligé l'Espagnol à modifier ainsi sa direction.

Les agents manifestèrent alors l'intention de presser le pas, afin de rejoindre Carpena pour lui faire reprendre le droit chemin : mais le gouverneur, sachant qu'aucune évasion n'était possible de ce côté, leur ordonna de le laisser libre.

Cependant Carpena s'était arrêté sur l'une des roches comme s'il eût été immobilisé en cet endroit par quelque irrésistible puissance. Il eût voulu lever les pieds, mouvoir les jambes qu'il ne l'aurait pu. La volonté du docteur, qui était en lui, le clouait au sol.

Le gouverneur l'observa pendant quelques instants, puis, s'adressant à son hôte :

« Allons, mon cher docteur, qu'on le veuille ou non, il faut bien se rendre à l'évidence !...

— Vous êtes convaincu maintenant, bien convaincu, monsieur le gouverneur?

— Oui, bien convaincu qu'il est des choses auxquelles il faut croire comme une brute! A présent, docteur Antékirtt, suggérez à cet homme la pensée de rentrer immédiatement au préside! Alphonse XII vous l'ordonne! »

Le gouverneur avait à peine achevé sa phrase que Carpena, instantanément, sans même pousser un cri, se précipitait dans les eaux du port. Était-ce un accident? Était-ce un acte volontaire de sa part? Venait-il donc, par quelque circonstance fortuite, d'échapper à la puissance du docteur? Nul n'aurait pu le dire.

Aussitôt tous de courir vers les roches, pendant que les agents descendaient au niveau d'une petite grève qui longe la mer en cet endroit... Il n'y avait plus aucune trace de Carpena. Quelques embarcations de pêcheurs arrivèrent en toute hâte, ainsi que celles du steam-yacht... Ce fut inutile. On ne retrouva même pas le cadavre du déporté, que le courant avait dû emporter au large.

« Monsieur le gouverneur, dit le docteur Antékirtt, je regrette vivement que notre expérience ait eu ce dénouement tragique auquel il était impossible de s'attendre !

— Mais comment expliquez-vous ce qui vient d'arriver? demanda le gouverneur.

— Par la raison que, dans l'exercice de cette puissance suggestive dont vous ne pouvez plus nier les effets, répondit le docteur, il y a encore des intermittences! Cet homme m'a échappé un instant, ce n'est pas douteux, et, soit qu'il ait été pris de vertige, soit pour toute autre cause, il est tombé du haut de ces roches! C'est fort regrettable, car nous avons perdu là un sujet vraiment précieux !

— Nous avons perdu un coquin, rien de plus! » répondit philosophiquement le gouverneur.

Et ce fut toute l'oraison funèbre de Carpena.

En ce moment, le docteur et Pierre Bathory prirent congé du gouverneur. Ils devaient repartir avant le jour pour Antékirtta, et ils s'empressèrent de remercier leur hôte du bon accueil qui leur avait été fait dans la colonie espagnole.

Le gouverneur serra la main du docteur, il lui souhaita une heureuse traversée, après lui avoir fait promettre de venir le revoir, et il reprit le chemin de la résidence.

Peut-être pourra-t-on trouver que le docteur Antékirtt venait d'abuser quelque peu de la bonne foi du gouverneur de Ceuta. Que l'on juge, que l'on critique sa conduite en cette occasion, soit! Mais il ne faut pas oublier à quelle œuvre le comte Mathias Sandorf avait consacré sa vie ni ce qu'il avait dit un jour : « Mille chemins... un but! »

C'était un de ces mille chemins qu'il venait de prendre.

Quelques instants après, une des embarcations du *Ferrato* avait ramené à bord le docteur et Pierre Bathory. Luigi les attendait à la coupée pour les recevoir.

« Cet homme?... demanda le docteur.

— Suivant vos ordres, répondit Luigi, notre canot, qui le guettait au pied des roches, l'a recueilli après sa chute, et je l'ai fait enfermer dans une cabine de l'avant.

— Il n'a rien dit?... demanda Pierre.

— Comment aurait-il pu parler?... Il est comme endormi et n'a pas conscience de ses actes!

— Bien! répondit le docteur. J'ai voulu que Carpena tombât du haut de ces roches, et il est tombé!... J'ai voulu qu'il dormît, et il dort!... Quand je voudrai qu'il se réveille, il se réveillera!... Maintenant, Luigi, fais lever l'ancre, et en route! »

La chaudière était en pression, l'appareillage se fit rapidement, et quelques minutes après, le *Ferrato*, après avoir gagné la pleine mer, mettait le cap sur Antékirtta.

III

DIX-SEPT FOIS

« Dix-sept fois?...

— Dix-sept fois!

— Oui!... La rouge a passé dix-sept fois!

— Est-ce possible!...

— C'est peut-être impossible, mais cela est!

— Et les joueurs se sont entêtés contre elle?

— Plus de neuf cent mille francs de gain pour la banque!

— Dix-sept fois!... Dix-sept fois!...

— A la roulette ou au trente et quarante?...

— Au trente et quarante!

— Il y a plus de quinze ans que cela ne s'était vu!

— Quinze ans, trois mois et quatorze jours! répondit froidement un vieux joueur, appartenant à

l'honorable classe des décavés. Oui, monsieur, et,
— détail curieux, — c'était en plein été, le
16 juin 1867... J'en sais quelque chose ! »

Tels étaient les propos ou plutôt les exclamations,
qui s'échangeaient dans le vestibule et jusque sur
le péristyle du Cercle des Étrangers, à Monte Carlo,
dans la soirée du 3 octobre, huit jours après l'évasion
de Carpena du pénitencier espagnol.

Puis, au milieu de cette foule de joueurs, hommes
et femmes de toute nationalité, de tout âge, de toute
classe, il se fit comme un brouhaha d'enthousiasme.
On eût volontiers acclamé la rouge à l'égal d'un
cheval qui aurait remporté le grand prix sur les
champs de course de Longchamps ou d'Epsom ! En
vérité, pour cette population, tant soit peu inter-
lope, que l'Ancien et le Nouveau Monde déversent
quotidiennement sur la petite principauté de Monaco, cette « série de dix-sept » avait l'importance
d'un événement politique, qui eût modifié les lois
de l'équilibre européen.

On le croira volontiers, la rouge, dans cette
obstination un peu extraordinaire, n'était pas sans
avoir fait de nombreuses victimes, puisque le gain
de la banque se chiffrait par une somme considérable. Près d'un million, disait-on dans les groupes,
— ce qui tenait à ce que la presque totalité des

joueurs s'était acharnée contre cette passe invraisemblable.

Entre tous, deux étrangers avaient payé une plus large part à ce que les gentilshommes du tapis vert veulent bien appeler « la déveine. » L'un, très froid, très contenu, bien qu'il eût passé par des émotions, dont sa figure pâlie portait encore la trace, l'autre, la face bouleversée, les cheveux en désordre, le regard d'un fou ou d'un désespéré, venaient de descendre les marches du péristyle, et ils allèrent se perdre dans l'ombre du côté de la terrasse du Tir aux pigeons.

« Voilà plus de quatre cent mille francs que nous coûte cette maudite série! s'écria le plus âgé.

— Vous pouvez dire quatre cent treize mille! répliqua le plus jeune, du ton d'un caissier qui chiffre le total d'une addition.

— Et maintenant il ne me reste que deux cent mille francs... à peine! reprit le premier joueur.

— Cent quatre-vingt-dix-sept, seulement! répondit le second avec son flegme inaltérable.

— Oui!... seulement... de près de deux millions que j'avais encore, quand vous m'avez forcé à vous suivre!

— Un million sept cent soixante-quinze mille francs!

6

— Et cela en moins de deux mois...

— Un mois et seize jours!

— Sarcany!... s'écria le plus âgé, que le sang-froid de son compagnon exaspérait non moins que la précision ironique qu'il apportait à relever ses chiffres.

— Eh bien, Silas! »

C'étaient Silas Toronthal et Sarcany qui venaient d'échanger ces propos. Depuis leur départ de Raguse, en ce court espace de trois mois, ils en étaient arrivés à la ruine ou peu s'en fallait. Après avoir dissipé toute la part qu'il avait touchée pour prix de son abominable délation, Sarcany, était venu relancer son complice jusqu'à Raguse. Puis, tous deux, avaient quitté cette ville avec Sava. Et alors, Silas Toronthal, lancé par Sarcany sur ces routes du jeu et de toutes les dissipations qu'il comporte, n'avait pas été longtemps à compromettre sa fortune. Il faut le dire, de l'ancien banquier, spéculateur hasardeux s'il en fut, ayant plus d'une fois risqué sa situation dans des aventures financières dont le hasard était le seul guide, Sarcany n'avait pas eu de peine à faire un joueur, un assidu de cercles et finalement de tripots.

D'ailleurs, comment Silas Toronthal eût-il pu résister? N'était-il pas plus que jamais sous la do-

mination de son ancien courtier de la Tripolitaine ?
Qu'il y eût en lui quelquefois des révoltes, Sarcany
ne l'en tenait pas moins par un ascendant irrésistible, et le misérable était tombé si lourdement
que la force lui manquait pour se relever. Aussi
Sarcany ne s'inquiétait-il même plus de ces velléités
qui prenaient son complice de se soustraire à son
influence. La brutalité de ses réponses, l'implaca-
bilité de sa logique, avaient bientôt remis Silas Toronthal sous le joug.

En quittant Raguse dans les conditions qui n'ont
point été oubliées, le premier soin des deux associés
avait été de mettre Sava en lieu sûr sous la garde
de Namir. Et maintenant, dans cette retraite de
Tétuan, perdue sur les confins de la région marocaine, il eût été difficile, sinon impossible, de la
découvrir. Là, l'impitoyable compagne de Sarcany
s'était chargée de briser la volonté de la jeune fille
pour lui arracher son consentement à ce mariage.
Inébranlable dans sa répulsion, se fortifiant dans
le souvenir de Pierre, Sava avait jusqu'alors obstinément résisté. Mais le pourrait-elle toujours ?

Entre temps, Sarcany n'avait cessé d'exciter son
compagnon à se lancer dans les folies du jeu, bien
que lui-même y eût dévoré sa propre fortune. En
France, en Italie, en Allemagne, dans les grands

centres où le hasard tient boutique sous toutes les formes, à la Bourse, sur les champs de course, dans les cercles des grandes capitales, dans les villes d'eaux comme dans les stations de bains de mer, Silas Toronthal céda à l'entraînement de Sarcany, et fut bientôt réduit à quelques centaines de mille francs. En effet, pendant que le banquier risquait son propre argent, Sarcany risquait celui du banquier, et par cette double pente, tous deux allaient à la ruine deux fois plus vite. D'ailleurs, ce que les joueurs appellent la déveine, — nom dont ils affublent leur inqualifiable sottise, — se prononça très nettement contre eux, et ce ne fut pas faute d'avoir tenté toutes les chances. En définitif, ce furent les tailles du baccara qui leur coûtèrent la plus grande partie des millions provenant des biens du comte Mathias Sandorf, et il fallut mettre en vente l'hôtel du Stradone, à Raguse.

Enfin, lassés de ces cercles suspects, où le « rien ne va plus » des croupiers devrait être prononcé dans la langue du Péloponèse, ils vinrent, en dernier ressort, demander un peu plus d'honnêteté aux hasards de la roulette et du trente et quarante. S'ils étaient dépouillés maintenant, du moins ne pourraient-ils en accuser que leur propre entêtement à lutter contre des chances inégales.

Et voilà pourquoi tous deux se trouvaient à Monte-Carlo depuis trois semaines, ne quittant pas les tables du cercle, essayant des martingales les plus infaillibles, s'attelant à des marches qui marchaient à rebours, étudiant la rotation du cylindre de la roulette, lorsque la main du croupier s'est fatiguée dans le dernier quart d'heure de son service, chargeant du maximum des numéros qui s'obstinaient à ne pas sortir, mariant les combinaisons simples avec les combinaisons multiples, écoutant les conseils des anciens décavés, devenus professeurs de jeu, faisant enfin toutes les tentatives imbéciles, employant toutes les « féticheries » niaises, qui peuvent classer le joueur entre l'enfant qui n'a pas sa raison et l'idiot qui l'a pour jamais perdue. Et encore, si l'on ne risquait que son argent au jeu, mais on y affaiblit son intelligence à imaginer des combinaisons absurdes, on y compromet sa dignité personnelle dans cette familiarité que la fréquentation de ce monde très mélangé impose à tous.

En résumé, à la suite de cette soirée qui allait devenir célèbre dans les fastes de Monte-Carlo, par suite de leur obstination à lutter contre une série de dix-sept rouges au trente et quarante, il ne restait plus aux deux associés qu'une somme infé-

6.

rieure à deux cent mille francs. C'était la misère à bref délai.

Mais, s'ils étaient à peu près ruinés, ils n'avaient pas encore perdu la raison, et, tandis qu'ils causaient sur la terrasse, ils purent apercevoir un joueur, la tête égarée, qui courait à travers les jardins en criant :

« Il tourne toujours !... Il tourne toujours ! »

Le malheureux s'imaginait qu'il venait de ponter sur le numéro destiné à sortir, et que le cylindre, dans un mouvement de giration fantastique, tournait et allait tourner jusqu'à la fin des siècles !... Il était fou.

« Êtes-vous enfin redevenu plus calme, Silas ? demanda Sarcany à son compagnon qui ne se possédait plus. Que cet insensé vous apprenne à ne pas perdre la tête !... Nous n'avons pas réussi, c'est vrai, mais la chance nous reviendra, parce qu'il faut qu'elle revienne, et sans que nous fassions rien pour la ramener !... Ne cherchons pas à l'améliorer ! C'est dangereux, et d'ailleurs c'est inutile !... On ne réussit pas à changer une veine si elle est mauvaise, et rien ne peut la troubler si elle est bonne !... Attendons, et lorsqu'elle sera revenue, ayons assez d'audace pour forcer notre jeu dans la veine ! »

. Silas Toronthal écoutait-il ces conseils, — conseils absurdes, d'ailleurs, comme tous les raisonnements quand il s'agit d'un jeu de hasard? Non! Il était accablé et n'avait qu'une idée alors : échapper à cette domination de Sarcany, s'enfuir, et s'enfuir si loin, que son passé ne pût se retourner contre lui! Mais de tels accès de résolution ne pouvaient durer dans cette âme amollie et sans ressorts. D'ailleurs, il était surveillé de près par son complice. Avant de l'abandonner à lui-même. Sarcany avait besoin que son mariage avec Sava fût accompli. Puis, il se dégagerait de Silas Toronthal, il l'oublierait, il ne se souviendrait même pas que cet être faible eût existé, que tous deux se fussent jamais mêlés à des affaires communes! Jusque-là, il fallait que le banquier restât sous sa dépendance!

« Silas, reprit alors Sarcany, nous avons été trop malheureux aujourd'hui, pour que la chance ne tourne pas en notre faveur!... Demain, elle sera pour nous!

— Et si je perds le peu qui me reste! répondit Silas Toronthal, qui se débattait en vain contre ces déplorables conseils.

— Il nous restera encore Sava Toronthal! répondit vivement Sarcany. C'est un atout maître dans notre jeu, et il n'est pas possible qu'on le surcoupe, celui-là!

— Oui!... demain!... demain!... répondit le banquier, qui était dans cette disposition mentale où
un joueur risquerait sa tête.

Tous deux rentrèrent à leur hôtel, situé à mi
chemin de la route qui descend de Monte-Carlo à la
Condamine.

Le port de Monaco compris entre la pointe Focinana et le fort Antoine, forme une anse assez
ouverte, exposée aux vents de nord-est et de sud-
est. Il s'arrondit entre le rocher qui porte la capitale de l'État monégasque, et le plateau sur
lequel reposent les hôtels, les villas et l'établis-
sement de Monte-Carlo, au pied de ce superbe
Mont Agel, dont la cime, haute de onze cents
mètres, domine le pittoresque panorama des rivages de la Ligurie. La ville, peuplée de douze
cents habitants, ressemble à un surtout, dressé sur
cette table magnifique du rocher de Monaco, baigné
de trois côtés par la mer, et qui disparaît sous
l'éternelle verdure des palmiers, des grenadiers, des
sycomores, des poivriers, des orangers, des citronniers, des eucalyptus, des buissons arborescents
de géraniums, d'aloès, de myrtes, de lentisques et
de palmachristi, disposés çà et là dans un merveil-
leux pêle-mêle.

De l'autre côté du port, Monte-Carlo fait face à la

petite capitale, avec son curieux entassement d'habitations, bâties sur toutes les croupes, ses zig-zags de rues étroites et grimpantes, qui montent jusqu'à la route de la Corniche, suspendue à mi-montagne, son échiquier de jardins en floraison perpétuelle, son panorama de cottages de toutes formes, de villas de tous styles, dont quelques-unes viennent surplómber les eaux si limpides de cette anse méditerranéenne.

Entre Monaco et Monte Carlo, au fond du port, depuis la grève jusqu'à l'étranglement de la vallée sinueuse qui sépare le groupe des montagnes, se développe une troisième cité : c'est la Condamine.

Au-dessus, vers la droite, surgit un mont grandiose, auquel son profil, tourné vers la mer, a fait donner le nom de Tête de Chien. Sur cette tête apparaît maintenant, à cinq cent quarante-deux mètres de hauteur, un fort qui a le droit de se croire imprenable et l'honneur de se dire français. De ce côté est la limite de l'enclave monégasque.

De la Condamine à Monte-Carlo, les voitures peuvent remonter par une rampe superbe. C'est à sa partie supérieure que se dressent des habitations particulières et des hôtels, dont l'un était précisément celui qu'occupaient Sarcany et Silas Toronthal. Des fenêtres de leur appartement, la vue

s'étendait depuis la Condamine jusqu'au-dessus de
Monaco, et ne s'arrêtait qu'à la Tête de Chien,
cette face de dogue, qui semble interroger la Méditerranée comme un sphinx du désert lybique.

Sarcany et Silas Toronthal s'étaient retirés dans
leurs chambres. Là, tous deux examinaient la situation, chacun à son point de vue. Les vicissitudes
de la fortune allaient-elles briser la communauté
d'intérêts qui les avait si intimement liés depuis
quinze ans?

Tout d'abord, Sarcany, en rentrant chez lui, avait
trouvé une lettre qui venait de Tétuan et dont il
rompit aussitôt le cachet.

En quelques lignes, Namir lui faisait parvenir
deux informations d'un extrême intérêt pour lui :
premièrement, la mort de Carpena, noyé dans le
port de Ceuta, à la suite de circonstances assez
extraordinaires ; deuxièmement, l'apparition du
docteur Antékirtt sur ce point de la côte marocaine,
les rapports qu'il avait eus avec l'Espagnol, puis
sa disparition presque immédiate.

Cette lettre lue, Sarcany ouvrit la fenêtre de sa
chambre. Appuyé sur le balcon, le regard distrait,
il se mit à réfléchir.

« Carpena mort?... Cela ne pouvait arriver plus
à propos!... Maintenant, ses secrets sont noyés

avec lui!... De ce côté, me voilà tranquille!... Plus rien à craindre! »

Puis, arrivant au second passage de la lettre :

« Quant à l'apparition du docteur Antékirtt à Ceuta, ceci est plus grave!... Qu'est-ce donc que cet homme? Peu m'importerait, après tout, si depuis quelque temps je ne le trouvais plus ou moins directement mêlé à ce qui me concerne!... A Raguse, ses rapports avec la famille Bathory!... A Catane, le piège qu'il a tendu à Zirone!... A Ceuta, cette intervention qui en somme, a coûté la vie à Carpena!... Là, il était bien près de Tétuan, mais il ne semble pas qu'il y soit allé, ni qu'il ait connaissance de la retraite de Sava! Cela eût été le coup le plus terrible et il peut se produire encore!... Nous verrons s'il n'y a pas lieu d'y parer, non seulement pour l'avenir, mais pour le présent! Les Senoûsistes seront bientôt les maîtres de toute la Cyrénaïque, et ils n'auront qu'un bras de mer à traverser pour se jeter sur Antékirtta!... S'il faut les y pousser;... je saurai bien... »

Que ce fussent là autant de points noirs à l'horizon de Sarcany, rien de plus évident. Dans la sombre machination qu'il suivait pas à pas, en face du but qu'il voulait atteindre, auquel il touchait presque, la plus petite pierre d'achoppement l'eût jeté à terre, et il ne se fût peut-être pas relevé. Or, non seulement cette intervention du docteur Antékirtt était de nature à l'inquiéter, mais la situation actuelle de Silas Toronthal commençait à lui causer de réels soucis.

« Oui, se disait-il, lui et moi, nous sommes acculés au mur... Demain, nous allons jouer le tout pour tout !... Ou la banque sautera ou c'est nous qui sauterons !... Que je sois ruiné par sa propre ruine, moi, je saurai me refaire ! Mais Silas, c'est autre chose ! Dès lors, il devient dangereux, il peut parler, il peut dévoiler ce secret sur lequel repose maintenant tout mon avenir !... Enfin, si jusqu'ici j'ai été maître de lui, à son tour, il devient maître de moi ! »

La situation était bien telle que la voyait Sarcany. Il ne pouvait se faire d'illusion sur la valeur morale de son complice. Il lui avait autrefois donné des leçons : Silas Toronthal ne regarderait pas à en profiter, lorsqu'il n'aurait plus rien à perdre.

Sarcany se demandait donc ce qu'il conviendrait de faire. Ainsi absorbé dans ses réflexions, il ne vit rien de ce qui se passait à l'entrée du port de Monaco, à quelques centaines de pieds au-dessous de lui.

A une demi-encablure au large un long fuseau,

sans mât ni cheminée, glissait au ras de la mer, dont sa coque n'excédait la surface que de deux ou trois pieds. Bientôt, après s'être peu à peu rapproché de la pointe Focinana, au-dessous du tir aux pigeons de Monte-Carlo, il vint chercher des eaux plus tranquilles à l'abri du ressac. Alors se détacha une légère yóle de tôle, qui était comme incrustée au flanc de ce bateau presque invisible. Trois hommes y prirent place. En quelques coups d'aviron, ils eurent atteint une petite grève sur laquelle ils débarquèrent à deux, tandis que le troisième ramenait la yole à bord. Quelques instants plus tard, la mystérieuse embarcation, qui n'avait trahi sa présence ni par une lueur ni par un bruit, s'était perdue dans l'ombre, sans avoir laissé trace de son passage.

Quant aux deux hommes, dès qu'ils eurent dépassé la petite grève, ils suivirent la lisière des roches en se dirigeant vers la gare du chemin de fer, et ils remontèrent l'avenue des Spelugues qui contourne les jardins de Monte-Carlo.

Sarcany n'avait rien vu. En ce moment, sa pensée l'entraînait loin de Monaco, du côté de Tétuan... Mais il n'y allait pas seul, il forçait son complice à l'accompagner.

« Silas, maître de moi!... se répétait-il, Silas,

pouvant d'un mot m'empêcher d'atteindre mon
but!... Jamais!... Si demain le jeu ne nous a pas
rendu ce qu'il nous a pris, je saurai bien l'obliger à
me suivre!... Oui!... à me suivre jusqu'à Tétuan, et
là, sur cette côte du Maroc, qui s'inquiétera de Silas
Toronthal, s'il vient à disparaître? »

On le sait, Sarcany n'était pas homme à reculer
devant un crime de plus, surtout quand les circonstances, l'éloignement du pays, la sauvagerie de ses
habitants, l'impossibilité de rechercher et de retrouver le coupable, en rendraient l'accomplissement si facile.

Son plan étant combiné de la sorte, Sarcany referma sa fenêtre, se coucha et ne tarda pas à
s'endormir, sans que sa conscience eut été troublée
d'aucun remords.

Il n'en fut pas ainsi de Silas Toronthal. Le banquier passa une nuit horrible. De sa fortune d'autrefois, que lui restait-il? A peine deux cent mille
francs, épargnés par le jeu, et encore n'en était-il
plus le maître! C'était la mise d'une dernière partie!
Ainsi le voulait son complice, ainsi il le voulait
lui-même. Son cerveau affaibli, empli de calculs
chimériques, ne lui permettait plus de raisonner
froidement ni juste. Il était même incapable, — en
ce moment, du moins, — de se rendre compte de

sa situation comme l'avait fait Sarcany. Il ne se disait pas que les rôles étaient changés, qu'il tenait maintenant en son pouvoir celui qui l'avait tenu si longtemps dans le sien. Il ne voyait que le présent avec sa ruine immédiate, et ne songeait qu'à la journée du lendemain, qui le remettrait à flot ou le jetterait au dernier degré de la misère.

Telle fut cette nuit pour les deux associés. Si elle permit à l'un de prendre quelques heures de repos, elle laissa l'autre se débattre dans toutes les angoisses de l'insomnie.

Le lendemain, vers dix heures, Sarcany rejoignit Silas Toronthal. Le banquier, assis devant sa table, s'entêtait à couvrir de chiffres et de formules les pages de son carnet.

« Eh bien, Silas, lui demanda-t-il d'un ton léger — le ton d'un homme qui ne veut pas accorder aux misères de ce monde plus d'importance qu'elles ne le méritent, — eh bien, dans vos rêves, avez-vous donné la préférence à la rouge ou à la noire?

— Je n'ai pas dormi un seul instant!.. non!... Pas un seul! répondit le banquier.

— Tant pis, Silas, tant pis!... Aujourd'hui il faut avoir du sang-froid, et quelques heures de repos vous eussent été nécessaires! Voyez-moi! Je n'ai fait qu'un somme, et je suis dans de bonnes conditions pour lutter contre la fortune! C'est une femme, après tout, et elle aime les gens qui sont capables de la dominer!

— Elle nous a trahis, cependant!

— Bah!... Un simple caprice!... Et son caprice passé, elle nous reviendra! »

Silas Toronthal ne répondit rien. Entendait-il même ce que lui disait Sarcany, tandis que ses yeux ne quittaient pas la feuille du carnet, sur lequel il avait tracé ses inutiles combinaisons?

« Que faisiez-vous donc là? demanda Sarcany. Des marches, des martingales?... Diable!... Vous me paraissez bien malade, mon cher Silas!... Il n'y a pas de calculs auxquels on puisse soumettre le hasard, et c'est le hasard seul qui se prononcera pour ou contre nous aujourd'hui!

— Soit! répondit Silas Toronthal, après avoir fermé son carnet.

— Eh! sans doute, Silas!... Je ne connais qu'une manière de le diriger, ajouta Sarcany ironiquement. Mais, pour cela, il faut avoir fait des études spéciales... et notre éducation est incomplète sur ce point! Donc, tenons-nous en à la chance!... Elle a été pour la banque hier! Il est possible qu'elle l'abandonne aujourd'hui!... Et si cela est, Silas, le jeu nous rendra tout ce qu'il nous a pris!

— Tout!...

— Oui, tout, Silas! Mais pas de découragement! Au contraire, de la hardiesse et du sang-froid!

— Et, ce soir, si nous sommes ruinés? reprit le banquier, qui vint regarder Sarcany en face.

— Eh bien, nous quitterons Monaco!

— Pour aller où?... s'écria Silas Toronthal. Ah! maudit soit le jour où je vous ai connu, Sarcany, le jour où j'ai réclamé vos services!... Je n'en serais pas arrivé où j'en suis!

— Il est un peu tard pour récriminer, mon cher! répondit l'impudent personnage, et un peu trop commode de désavouer les gens, quand on s'en est servi!

— Prenez garde! s'écria le banquier.

— Oui!... Je prendrai garde! » murmura Sarcany.

Et cette menace de Silas Toronthal ne put que le fortifier dans son projet de le mettre hors d'état de lui nuire.

Puis reprenant :

« Mon cher Silas, dit-il, ne nous fâchons pas! A quoi bon?... Cela excite les nerfs, et il ne faut pas être nerveux aujourd'hui!... Ayez confiance, et ne désespérez pas plus que moi!... Si, par malheur, la déveine s'acharnait encore contre nous, n'oubliez

7.

pas que d'autres millions m'attendent et que vous
en aurez votre part !

— Oui !... oui !... Il me faut ma revanche ! reprit
Silas Toronthal, en qui reparut l'instinct du joueur,
un moment détourné. Oui ! la banque a été trop
heureuse hier, et ce soir...

— Ce soir, nous serons riches, très riches,
s'écria Sarcany, et je vous promets, Silas, que,
cette fois, nous ne reperdrons pas ce que nous
aurons regagné ! Quoi qu'il arrive, d'ailleurs, demain
nous quitterons Monte-Carlo !... Nous partirons...

— Pour ?

— Pour Tétuan, où nous avons une dernière
partie à jouer, et la belle, celle-là, la belle ! »

IV

LE DERNIER ENJEU.

Les salons du Cercle des Étrangers, — vulgai-
rement le Casino, — étaient ouverts depuis onze
heures. Bien que le nombre des joueurs fût encore
restreint, quelques tables de roulette commençaient à fonctionner.

L'aplomb de ces tables avait été préalablement
rectifié, car il importe que leur horizontalité soit
parfaite. En effet, une défectuosité quelconque,
qui altérerait le mouvement de la bille lancée dans
le cylindre tournant, serait vite remarquée et utilisée
au détriment de la banque.

Sur chacune des six tables de roulette, soixante
mille francs en or, en argent et en billets, avaient
été déposés; sur chacune des deux tables de trente

et quarante, cent cinquante mille. C'est l'enjeu
habituel de la banque, en attendant l'ouverture
de la grande saison, et il est bien rare que l'administration soit obligée de renouveler cette première
mise de fonds. Rien qu'avec le refait et le zéro.
dont le profit lui appartient, elle doit gagner —
et toujours. Si donc le jeu est immoral en soi, de
plus, il est stupide, puisqu'on opère dans de telles
conditions d'inégalité.

Autour de chaque table de roulette, huit croupiers, leur râteau à la main, occupaient déjà les
places qui leur sont réservées. A leurs côtés, assis
ou debout, se tenaient joueurs ou spectateurs.
Dans les salons, les inspecteurs se promenaient
en observant aussi bien les croupiers que les pontes,
tandis que les garçons de salle circulaient pour le
service et du public et de l'administration, qui ne
compte pas moins de cent cinquante employés des
jeux.

Vers midi et demi, le train de Nice amena son
contingent habituel de joueurs. Ce jour-là, ils étaient
peut-être plus nombreux. Cette série de dix-sept à
la rouge avait produit son effet naturel. C'était
comme une nouvelle attraction, et tout ce qui vit
du hasard venait en suivre les péripéties avec plus
d'ardeur.

Une heure après, les salons étaient remplis. On y
causait, surtout de cette passe extraordinaire, mais
généralement à voix basse. Rien de lugubre, en
somme, comme ces immenses salles, malgré la pro-
digalité des dorures, la fantaisie de l'ornementation,
le luxe de l'ameublement, la profusion des lustres
qui versent à flots la lumière du gaz, sans parler de
ces longues suspensions, dont les lampes à huile,
aux abat-jours verdâtres, éclairent plus spécialement les tables de jeu. Ce qui domine, malgré l'af-
fluence du public, ce n'est pas le bruit des conver-
sations, c'est le tintement des pièces d'or et d'argent, comptées ou lancées sur les tapis, c'est le
froissement des billets de banque, c'est l'incessant :
« Rouge gagne et couleur » — ou « dix-sept, noir,
impair et manque, » jetés par la voix indifférente
des chefs de parties — tout cela, triste !

Toutefois, deux des perdants, qui comptaient
parmi les plus célèbres de la veille, n'avaient pas
encore paru dans les salons. Déjà quelques joueurs
cherchaient à suivre les chances diverses, à saisir la
veine, les uns à la roulette, les autres au trente et
quarante. Mais les alternatives de gain et de perte
se compensaient, et il ne semblait pas que le
« phénomène » de la soirée précédente dût se re-
produire.

Vers trois heures seulement, Sarcany et Silas Toronthal entrèrent au Casino. Avant de paraître dans les salles de jeu, ils se promenèrent à travers le hall, où ils furent quelque peu l'objet de la curiosité publique. On les regardait, on les guettait, on se demandait s'ils entreraient encore en lutte avec ce hasard qui leur avait coûté si cher. Quelques professeurs auraient volontiers profité de l'occasion pour leur vendre d'infaillibles martingales, s'ils n'eussent été peu abordables en ce moment. Le banquier, l'air égaré, voyait à peine ce qui se passait autour de lui. Sarcany était plus froid, plus fermé que jamais. Tous deux se recueillaient au moment de tenter un dernier coup.

Parmi les personnes qui les observaient avec cette curiosité spéciale qu'on accorde à des patients ou à des condamnés, se trouvait un étranger qui semblait décidé à ne pas les quitter d'un instant.

C'était un jeune homme de vingt-deux à vingt-trois ans, physionomie fine, air fûté, nez pointu, — un de ces nez qui regardent. Ses yeux, d'une vivacité singulière, s'abritaient derrière un lorgnon à simples verres de conserve. Comme s'il avait eu du vif argent dans les veines, il gardait ses mains dans les poches de son pardessus pour s'interdire de gesticuler, et tenait ses pieds rassemblés à la première position pour être plus sûr de rester en place. Convenablement habillé, sans avoir sacrifié aux dernières exigences du gandinisme, il n'affectait aucune prétention dans sa mise ; mais peut-être ne se sentait-il pas très à l'aise avec ses vêtements correctement ajustés.

Cela ne saurait surprendre : ce jeune homme n'était autre que Pointe Pescade.

Au dehors, dans les jardins, l'attendait Cap Matifou.

Le personnage pour le compte duquel ils étaient venus tous deux en mission particulière dans ce paradis ou cet enfer de l'enclave monégasque, c'était le docteur Antékirtt.

L'embarcation qui les avait déposés la veille sur la pointe de Monte-Carlo, c'était l'*Electric* 2, de la flottille d'Antékirtta.

Dans quel but, le voici :

Deux jours après sa séquestration à bord du *Ferrato*, Carpena avait été mis à terre, et, malgré ses réclamations, incarcéré dans une des casemates de l'île. Là, cet échappé des présides espagnols n'eut pas de peine à comprendre qu'il n'avait changé une prison que pour une autre. Au lieu d'appartenir au personnel pénitentiaire du gouverneur, il était, sans le savoir, au pouvoir du docteur Antékirtt. En quel endroit? Il n'aurait pu le dire. Avait-il gagné à ce changement? C'est ce qu'il se demandait, non sans quelque inquiétude. Il était décidé, d'ailleurs, à faire tout ce qu'il faudrait pour améliorer sa position.

Aussi, à la première injonction qui lui fut faite par le docteur lui-même, n'hésita-t-il point à répondre avec la plus entière franchise.

Connaissait-il Silas Toronthal et Sarcany?

Silas Toronthal, non, Sarcany, oui, — et encore ne l'avait-il vu qu'à de rares intervalles.

Sarcany avait-il des relations avec Zirone et sa bande depuis qu'elle opérait aux environs de Catane?

Oui, puisque Sarcany était attendu en Sicile et qu'il y fût certainement venu, sans l'issue de cette malheureuse expédition qui se termina par la mort de Zirone.

Où était-il maintenant?

A Monte-Carlo, à moins qu'il n'eût quitté récemment cette ville, dont il faisait depuis quelque temps sa résidence, et très probablement en compagnie de Silas Toronthal.

Carpena n'en savait pas davantage, mais ce qu'il venait d'apprendre allait suffire au docteur pour entrer de nouveau en campagne.

Il va sans dire que l'Espagnol ignorait quel intérêt le docteur avait eu à le faire évader de Ceuta pour s'emparer de sa personne, et que sa trahison envers Andréa Ferrato fût connue de celui qui l'interrogeait. D'ailleurs, il ne sut même pas que Luigi était le fils du pêcheur de Rovigno. Au fond de cette casemate, le prisonnier allait être plus étroitement gardé qu'il ne l'était au pénitencier de Ceuta, sans pouvoir communiquer avec personne, jusqu'au jour où il serait statué sur son sort.

Ainsi donc, des trois traîtres qui avaient amené le sanglant dénouement de la conspiration de Trieste, l'un était maintenant entre les mains du docteur. Il restait à s'emparer des deux autres, et Carpena venait de dire en quel lieu on pouvait les rejoindre.

Toutefois, comme le docteur était connu de Silas Toronthal, Pierre, de Silas Toronthal et de Sarcany, il leur parut bon de n'intervenir qu'au moment où l'on pourrait le faire avec chance de succès. Mais, maintenant qu'on avait retrouvé les traces des deux complices, il importait de ne plus les perdre de vue, en attendant que les circonstances permissent d'agir contre eux.

C'est pourquoi Pointe Pescade, afin de les suivre partout où ils iraient, et Cap Matifou, pour prêter au

besoin main-forte à Pointe Pescade, furent envoyés
à Monaco, où le docteur, Pierre et Luigi devaient
se rendre avec le *Ferrato*, dès que le moment en
serait venu.

Arrivés pendant la nuit, les deux amis s'étaient
mis à l'œuvre. Il ne leur avait pas été difficile de
découvrir l'hôtel dans lequel Silas Toronthal et
Sarcany étaient descendus. Pendant que Cap Matifou
se promenait aux environs en attendant le soir,
Pointe Pescade, qui se tenait aux aguets, vit sortir
les deux associés vers une heure de l'après-midi.
Il lui sembla que le banquier, très abattu, parlait
peu, bien que Sarcany l'entretînt assez vivement.
Pendant la matinée, Pointe Pescade avait entendu
raconter ce qui s'était passé la veille dans les
salons du Cercle, c'est-à-dire cette invraisemblable
série qui avait fait de nombreuses victimes, parmi
lesquelles on citait principalement Sarcany et Silas
Toronthal. Il en conclut donc que leur entretien
devait porter sur cette extraordinaire malechance. En
outre, comme il apprit aussi que ces deux joueurs
avaient eu à supporter des pertes énormes, depuis
quelque temps, il en conclut, non moins judicieu-
sement, que leurs dernières ressources devaient
être presque épuisées, et que le moment approchait où le docteur pourrait utilement intervenir.

Ces renseignements furent consignés dans une dépêche que Pointe Pescade, sans nommer personne, avait envoyée, dès le matin, à la station de La Valette à Malte, — dépêche que le fil particulier transmettrait rapidement à Antékirtta.

Lorsque Sarcany et Silas Toronthal entrèrent dans le hall du Casino, Pointe Pescade y entra après eux ; puis, quand ils franchirent la porte des salons de roulette et de trente et quarante, il la franchit à leur suite.

Il était alors trois heures après midi. Le jeu commençait à s'animer. Le banquier et son compagnon firent d'abord le tour des salles. Pendant quelques instants, ils s'arrêtèrent devant les diverses tables, observant les coups, mais n'y prenant point part.

Pointe Pescade allait et venait, en curieux, sans les perdre de vue. Il crut même, afin de ne point attirer l'attention, devoir risquer quelques pièces de cinq francs sur les colonnes ou les douzaines de la roulette, et, comme de juste, il les perdit, — avec le plus admirable sang-froid d'ailleurs. Mais aussi, pourquoi n'avait-il pas suivi l'excellent conseil que venait de lui donner en confidence un professeur de grand mérite :

« Pour réussir au jeu, monsieur, il faut s'appliquer

à perdre les petits coups et à gagner les gros! Tout
le secret est là! »

Quatre heures sonnaient, lorsque Sarcany et Silas
Toronthal jugèrent que le moment était venu de
tâter la veine. Plusieurs places étaient inoccupées
à l'une des tables de roulette. Tous deux s'y assirent
en face l'un de l'autre, et le chef de partie ne tarda
pas à se voir entouré non seulement de joueurs,
mais de spectateurs, avides d'assister à cette revanche des deux célèbres décavés de la veille.

Tout naturellement, Pointe Pescade se plaça au
premier rang des curieux, et il n'était pas l'un des
moins intéressés à suivre les alternatives de cette
lutte.

Pendant la première heure, les chances se ba-
lancèrent à peu près. Pour mieux les diviser, Silas
Toronthal et Sarcany n'avaient point associé leur
jeu. Ils pontaient séparément en faisant des coups
assez considérables, soit sur les combinaisons simples, soit sur les combinaisons multiples que présente la roulette, soit sur plusieurs combinaisons à la
fois. Le sort ne se prononçait ni pour eux ni contre.

Mais, entre quatre et six heures, la veine sembla
leur revenir. Ce maximum, qui est de six mille
francs à la roulette, ils le gagnèrent un certain
nombre de fois sur des numéros pleins.

Les mains de Silas Toronthal tremblaient en s'allongeant sur le tapis, lorsqu'il avançait sa mise ou quand il saisissait, jusque sous le rateau, l'or et les billets des croupiers.

Sarcany, toujours maître de lui-même, ne laissait pas une seule de ses impressions se traduire sur son visage. Il se contentait d'encourager son associé du regard, et c'était Silas Toronthal, en somme, que la chance suivait avec plus de constance en ce moment.

Pointe Pescade, bien qu'un peu grisé par ce va-et-vient de l'or et des billets, ne cessait de les observer tous les deux. Cette fortune, qui se refaisait sous leurs mains, il se demandait s'ils seraient assez prudents pour la garder, s'ils sauraient s'arrêter à temps.

Puis, la réflexion lui vint que dans le cas où Sarcany et Silas Toronthal auraient cette sagesse, — ce dont il doutait d'ailleurs, — ils pourraient être tentés de quitter Monte-Carlo, de fuir en quelque autre coin de l'Europe, où il faudrait les rejoindre. L'argent ne leur manquant pas, ils ne seraient plus à la discrétion du docteur Antékirtt.

« Décidément, pensa-t-il, tout compte fait, mieux vaut qu'ils se ruinent, et je me trompe fort si ce

8.

coquin de Sarcany est homme à s'arrêter dans la veine ! »

Quelles que fussent à cet égard les idées de Pointe Pescade et ses espérances, la chance n'abandonna pas les deux associés. En réalité, et par trois fois, ils auraient fait sauter la banque, si le chef de partie n'eût fait des ajoutés de vingt mille francs.

Ce fut un événement parmi les spectateurs de cette lutte, dont la majorité se montra très favorable aux deux joueurs. N'était-ce pas comme une revanche de cette insolente série de la rouge, dont l'administration avait si largement profité la veille ?

En somme, à six heures et demie, lorsqu'ils suspendirent leur jeu, Silas Toronthal et Sarcany avaient réalisé un gain supérieur à vingt mille louis. Ils se levèrent alors et quittèrent la table de roulette. Silas Toronthal marchait d'un pas incertain, comme s'il eût été un peu ivre, — ivre d'émotion et de fatigue cérébrale. Son compagnon, impassible, le surveillait, redoutant par-dessus tout qu'il ne fût tenté de s'enfuir avec les quelques centaines de mille francs, si péniblement regagnés, et de se soustraire à sa domination.

Tous deux, sans s'adresser la parole, repassèrent à travers le hall, descendirent le péristyle et se dirigèrent vers leur hôtel.

Pointe Pescade les suivit de loin.

En sortant, il aperçut, près d'un des kiosques du jardin, Cap Matifou qui était assis sur un banc.

Pointe Pescade alla à lui.

« Est-ce le moment? demanda Cap Matifou.

— Quel moment?...

— De... de...

— D'entrer en scène?... Non, mon Cap!... Pas encore!... Reste à la cantonade. — As-tu dîné?

— Oui, Pointe Pescade.

— Tous mes compliments! Moi, j'ai l'estomac dans les talons... ce qui n'est vraiment pas la place d'un estomac! Mais je le remonterai, si j'ai le temps!... Donc, ne bouge pas d'ici avant que je ne t'aie revu ! »

Et Pointe Pescade s'élança vers la rampe que descendaient Sarcany et Silas Toronthal.

Lorsqu'il se fut assuré que les deux associés s'étaient fait servir à dîner dans leur appartement, Pointe Pescade se permit de s'asseoir à la table d'hôte. Il n'était que temps, et, en une demi-heure, comme il le disait, il eut remonté son estomac à la place normale que cet organe doit occuper dans la machine humaine.

Puis il sortit, un excellent cigare à la bouche, et il se remit en observation devant l'hôtel.

« Décidément, murmura-t-il, j'étais né pour être factionnaire! J'ai manqué ma vocation! »

La seule question qu'il se posait alors était celle-ci : ces gentlemen vont-ils ou non revenir ce soir au Casino?

Vers huit heures, Silas Toronthal et Sarcany parurent sur la porte de l'hôtel. Pointe Pescade crut entendre et comprendre qu'ils discutaient vivement.

Apparemment, le banquier tentait de résister une dernière fois aux obsessions, aux injonctions de son complice, car celui-ci, d'une voix impérieuse, finit par dire :

« Il le faut Silas!... Je le veux! »

Ils remontèrent alors la rampe pour gagner les jardins de Monte-Carlo. Pointe Pescade les suivit, sans pouvoir rien surprendre de leur entretien — à son grand regret.

Or, voici ce que Sarcany disait, de ce ton qui n'admet pas de réplique, au banquier dont la résistance mollissait peu à peu.

« S'arrêter, Silas, quand la chance nous revient, ce serait insensé!... Il faut que vous ayez perdu la tête!... Comment, dans la déveine, nous avons forcé notre jeu comme des fous, et, dans la veine, nous ne le forcerions pas comme des sages!...

Comment, nous avons une occasion, unique peut-
être, une occasion qui peut ne jamais se repré-
senter, d'être maîtres du sort, maîtres de la fortune,
et nous la laisserions échapper par notre faute!...
Silas, vous ne sentez donc pas que la chance...

— Si elle n'est pas épuisée! murmura Silas Toronthal.

— Non! cent fois non! répondit Sarcany. Cela ne
s'explique pas, pardieu, mais cela se sent, cela
vous pénètre jusqu'aux moelles!... Un million nous
attend, ce soir, sur les tables du Casino!... Oui! un
million, et je ne le laisserai pas échapper!

— Jouez donc, Sarcany!

— Moi!... jouer seul?... Non! Jouer avec vous,
Silas!... Oui!... Et s'il fallait choisir entre nous
deux, ce serait à vous que je céderais la place!... La
veine est personnelle et il est manifeste qu'elle
vous est revenue!... Jouez donc et vous gagnerez!...
Je le veux! »

En somme, ce que voulait Sarcany, c'était que
Silas Toronthal ne se contentât pas de quelques
centaines de mille francs qui lui eussent permis
d'échapper à sa domination. Ce qu'il voulait, c'était
que son complice redevînt le millionnaire qu'il
était, ou qu'il fût réduit à rien. Riche, il conti-
nuerait l'existence qu'ils avaient menée jusqu'alors.

Ruiné, il faudrait bien qu'il suivît Sarcany partout
où celui-ci voudrait le conduire. Dans les deux cas,
il n'y aurait plus rien à craindre de sa part.

Du reste, bien qu'il essayât de résister, Silas
Toronthal sentait maintenant toutes les passions
du joueur s'agiter en lui. En ce misérable abaisse-
ment où il était tombé, il éprouvait à la fois
la peur et l'envie de revenir dans les salons du
Casino. Les paroles de Sarcany lui mettaient le
feu dans le sang. Visiblement, le sort s'était déclaré
pour lui, et pendant ces dernières heures, avec
une telle constance qu'il serait impardonnable de
s'arrêter!

Le fou! Comme tous les joueurs, ses pareils, il
mettait au présent ce qui ne peut jamais être qu'au
passé! Au lieu de se dire : J'ai eu de la chance, —
ce qui était vrai, — il se disait : J'ai de la chance,
— ce qui est faux! Et pourtant, dans le cerveau de
tous ceux qui tablent sur le hasard, il ne se fait pas
d'autre raisonnement que celui-là! Ils oublient
trop ce qu'a récemment dit un des plus grands
mathématiciens de la France :   Le hasard a des
caprices, il n'a pas d'habitudes.

Cependant Sarcany et Silas Toronthal étaient
arrivés devant le Casino, toujours suivis par Pointe
Pescade. Là, ils s'arrêtèrent un instant.

« Silas, dit alors Sarcany, pas d'hésitation!...
Vous êtes décidé à jouer, n'est-ce pas?

— Oui!... décidé à risquer le tout pour le tout!
répondit le banquier, dont toutes les hésitations
avaient cessé, d'ailleurs, dès qu'il s'était trouvé sur
les premières marches du péristyle.

— Ce n'est pas à moi de vous influencer! reprit
Sarcany. Abandonnez-vous à votre inspiration, non
à la mienne! Elle ne peut se tromper! — Est-ce à la
roulette que vous allez...

— Non. . au trente et quarante! répondit Silas
Toronthal, en entrant dans le hall.

— Vous avez raison, Silas! N'écoutez que vous-
même!... La roulette vient de vous donner presque
une fortune!... Au trente et quarante de faire le
reste! »

Tous deux entrèrent dans les salons et s'y promenèrent d'abord. Dix minutes après, Pointe Pescade les vit prendre place à l'une des tables du
trente et quarante.

Là, en effet, peuvent se faire des coups plus
audacieux. Là, si les chances du jeu sont simples,
s'il n'y a à lutter que contre le refait, le maximum
est de douze mille francs, et quelques passes peuvent donner des différences considérables de gain
ou de perte. Là est donc le théâtre de prédilection

de ce qu'on appelle les grands joueurs. Là, enfin, des fortunes ou des ruines se sont faites avec une rapidité vertigineuse, dont les Bourses de Paris, de New-York ou de Londres pourraient se montrer jalouses !

Devant la table du trente et quarante, Silas Toronthal avait oublié toutes ses appréhensions. Maintenant il ne jouait plus « de peur, » mais rageusement, ou, ce qui est plus exact, comme un homme qui ne doit pas tarder à s'emballer. Peut-on dire, d'ailleurs, qu'il y ait manière de jouer, manière « d'engager son argent ? » Non, évidemment, quoique prétendent les habitués de jeux, puisqu'on est à la merci du hasard. Le banquier jouait donc sous l'œil de Sarcany, dont l'intérêt était double en cette partie suprême, et quelle qu'en fût l'issue.

Durant la première heure, les alternatives de perte et de gain furent à peu près égales. Toutefois, la balance finit par pencher du côté de Silas Toronthal.

Sarcany et lui se crurent alors sûrs du succès. Ils « s'excitèrent, » comme on dit. ils ne procédèrent plus qu'à coups de maximum. Mais bientôt l'avantage revint à la banque, dont le sang-froid est imperturbable, qui ne connaît pas les folies de l'emportement, et dont ce maximum, imposé aux joueurs, protège les intérêts dans une mesure si considérable.

Il y eut des coups terribles. Tout le gain, encaissé par Silas Toronthal pendant l'après-midi, s'en alla peu à peu. Le banquier, effrayant à voir, la face congestionnée, les yeux hagards, se raccrochait aux bords de la table, à sa chaise, aux paquets de billets, aux rouleaux d'or que sa main ne pouvait lâcher, avec les mouvements, les soubresauts, les convulsions d'un homme qui se noie! Et personne pour l'arrêter au bord de l'abîme! Pas un bras qui lui fût tendu pour le retenir! Pas une tentative de Sarcany pour l'arracher à cette place, pour l'entraîner, avant que sa perte fût complète, avant que sa tête eût disparu sous ce flot de la ruine!

A dix heures, Silas Toronthal avait risqué sa dernière mise, son dernier maximum. Il l'avait gagné, puis reperdu. Et, quand il se leva, la tête égarée, pris de cette envie féroce que les salons du cercle s'écroulassent pour l'écraser avec tout ce monde qui les emplissait, il n'avait plus rien, — plus rien des millions que lui avait laissés sa maison de banque, reconstituée avec les millions du comte Sandorf.

Silas Toronthal, accompagné de Sarcany, qui semblait être son geôlier, quitta les salles de jeu,

9

traversa le hall, et se précipita hors du Casino.
Puis, tous deux s'enfuirent à travers le square vers
les sentiers qui montent à la Turbie.

Pointe Pescade était déjà sur leurs traces; mais,
en passant, il avait rejoint Cap Matifou, il l'avait ar-
raché au banc sur lequel l'Hercule dormait d'un
demi-sommeil, il lui avait crié :

« Alerte!... Des yeux et des jambes! »

Et Cap Matifou s'était lancé avec lui sur une
piste qu'il ne fallait plus perdre.

Cependant, Sarcany et Silas Toronthal conti-
nuaient à marcher l'un près de l'autre, et s'élevaient
peu à peu en remontant ces sentiers tournants qui
serpentent au flanc de la montagne entre les jardins
couverts d'oliviers et d'orangers. Ces capricieux
zig-zags permettaient à Pointe Pescade et à Cap
Matifou de ne pas les perdre de vue, mais ils ne
pouvaient les entendre.

« Rentrez à l'hôtel, Silas! ne cessait de répéter
Sarcany d'une voix impérieuse. Rentrez... et re-
prenez votre sang-froid!...

— Non!... Nous sommes ruinés!... Séparons-
nous!... Je ne veux plus vous voir!... Je ne veux
plus...

— Nous séparer?... Et pourquoi?... Vous me
suivrez, Silas!... Demain, nous quitterons Mo-

náco!... Il nous reste une somme suffisante pour gagner Tétuan, et là, nous achéverons notre œuvre!

— Non!... Non!... Laissez-moi, Sarcany, laissez-moi! » répondait Silas Toronthal.

Et il le repoussait violemment, lorsque l'autre voulait le saisir. Puis, il s'élançait avec une telle rapidité que Sarcany avait quelque peine à le rejoindre. Inconscient de ses actes, Silas Toronthal risquait à chaque pas de tomber dans les ravines abruptes au-dessus desquelles se déroule le lacet des sentiers. Une seule pensée le dominait jusqu'à l'obsession : fuir Monte-Carlo, où s'était consommée sa ruine, fuir Sarcany, dont les conseils l'avaient conduit à cette misère, fuir enfin, au hasard, sans savoir où il irait, sans savoir ce qu'il deviendrait!

Sarcany sentait bien qu'il n'aurait plus raison de son complice, que celui-ci allait lui échapper! Ah! si le banquier n'eût pas connu des secrets qui pouvaient le perdre, ou, à tout le moins, irrémédiablement compromettre la dernière partie qu'il voulait jouer encore, comme il se fût peu inquiété de l'homme qu'il avait entraîné au bord de cet abîme! Mais, avant d'y tomber, Silas Toronthal pouvait jeter un dernier cri, et c'était ce cri qu'il fallait étouffer!

Alors, de la pensée du crime auquel il était résolu, à son exécution immédiate, il n'y avait plus qu'un pas, et, ce pas, Sarcany n'hésita pas à le franchir. Ce qu'il voulait faire sur la route de Tétuan, dans ces solitudes de la campagne marocaine, ne pouvait-il le faire, cette nuit même, en ces lieux qui seraient bientôt déserts?

Mais, à cette heure, entre Monte-Carlo et la Turbie, il passait encore des gens attardés qui montaient ou descendaient les rampes. Un cri de Silas Toronthal aurait pu les amener à son secours, et le meurtrier voulait que le meurtre se fît dans des conditions telles qu'il ne pût jamais être soupçonné. De là, nécessité d'attendre. Plus haut, au-delà de la Turbie et de la frontière monégasque, sur cette route de la Corniche, accrochée à plus de deux mille pieds au flanc de ces premiers contreforts des Alpes maritimes, Sarcany pourrait frapper à coup sûr. Qui viendrait alors en aide à sa victime? Comment retrouverait-on le cadavre de Silas Toronthal, au fond de ces précipices qui bordent la route?

Cependant, une dernière fois, Sarcany voulut arrêter son complice et tenter de le ramener à Monte-Carlo.

« Viens, Silas, viens! s'écria-t-il en le saisissant par le bras. Demain nous recommencerons!... J'ai encore quelque argent...

— Non!... laissez-moi!... laissez-moi!... » s'écria Silas Toronthal, dans un dernier mouvement de rage.

Et, s'il eût été de force à lutter contre Sarcany, s'il eût été armé, peut-être n'aurait-il pas hésité à se venger de tout le mal que lui avait fait son ancien agent de la Tripolitaine!

D'une main, que la colère rendait plus vigoureuse, Silas Toronthal repoussa Sarcany; puis, il s'élança vers le dernier tournant du sentier et franchit quelques marches grossièrement taillées dans le roc, entre de petits jardins disposés en étages. Bientôt il eut atteint la rue principale de la Turbie, sur cet étroit col qui sépare la Tête de Chien du massif du mont Agel, ancienne frontière de l'Italie et de la France.

« Va donc Silas! s'écria une dernière fois Sarcany. Va donc, mais tu n'iras pas loin! »

Puis, se jetant sur la droite, il escalada une petite haie de pierres sèches, gravit lestement un jardin en escalier, et se porta en avant, de manière à précéder Silas Toronthal sur la route.

Pointe Pescade et Cap Matifou, s'ils n'avaient rien pu entendre de cette scène, avaient vu le banquier repousser violemment Sarcany, et Sarcany disparaître dans l'ombre.

9.

« Eh ! le diable s'en mêle! s'écria Pointe Pescade.
C'est peut-être le meilleur qui nous échappe!... Il
ne manquerait plus que l'autre en fît autant!... En
tout cas, le Toronthal est de bonne prise!... D'ailleurs, nous n'avons pas le choix!... En avant, mon
Cap, en avant! »

Et quelques rapides enjambées les eurent bientôt
rapprochés tous deux de Silas Toronthal.

Celui-ci remontait rapidement la rue de la Turbie
Après avoir laissé sur la gauche le petit tertre que
domine la tour d'Auguste, il passa, en courant,
devant les maisons déjà fermées, et se trouva enfin
sur la route de la Corniche.

Pointe Pescade et Cap Matifou le suivaient à
moins de cinquante pas en arrière.

Mais, de Sarcany, il n'était plus question, soit
qu'il eût suivi sur la crête des talus de droite, soit
qu'il eût définitivement abandonné son complice
pour redescendre à Monte Carlo.

La route de la Corniche, reste d'une ancienne
voie romaine, à partir de la Turbie, descend vers
Nice, à mi-montagne, au milieu de roches superbes,
de cônes isolés, de précipices profonds qui se creu-
sent jusqu'à la ligne du chemin de fer, tracée le long
du littoral. Au delà, par cette nuit étoilée, à la
clarté de la lune qui se levait dans l'est, apparais-

saient confusément six golfes, l'île de Sainte-Hos-
pice, l'embouchure du Var, la presqu'île de la
Garoupe, le cap d'Antibes, le golfe Juan, les îles
de Lérins, le golfe de la Napoule, le golfe de
Cannes, les montagnes de l'Esterel à l'arrière-
plan. Ça et là brillaient des feux de port, celui
de Beaulieu, à la base des escarpements de la
Petite-Afrique, celui de Villefranche que domine
le mont Leuza, puis, quelques fanaux de bateaux
pêcheurs que reverbéraient les eaux calmes du large.

Il était alors plus de minuit. A ce moment,
Silas Toronthal, presque en sortant de la Turbie,
abandonna la route de la Corniche et se lança sur
un petit chemin qui va directement à Eza, sorte
de nid d'aigle, à population demi-barbare, crâne-
ment perché sur son roc au-dessus d'un massif de
pins et de caroubiers.

Ce chemin était absolument désert. L'insensé
le suivit pendant quelque temps, sans ralentir son
pas, sans jamais retourner la tête; puis, soudain, il
se jeta, à gauche, dans un étroit sentier qui longe
de plus près la haute falaise du littoral, sous
laquelle la voie ferrée et la route carrossable pas-
sent à travers un tunnel.

Pointe Pescade et Cap Matifou s'y jetèrent après
lui.

Cent pas plus loin, Silas Toronthal s'arrêta enfin. Il venait de s'élancer sur une roche qui surplombait un précipice, dont le fond, à plusieurs centaines de pieds au-dessous, était battu par la mer.

Qu'allait faire Silas Toronthal? Une idée de suicide avait-elle traversé son cerveau? Voulait-il donc terminer sa misérable existence en se précipitant dans cet abîme?

« Mille diables! s'écria Pointe Pescade. Il nous le faut vivant!... Empoigne, Cap Matifou, et tiens bon! »

Mais tous deux n'avaient pas fait vingt pas qu'ils virent un homme apparaître sur la droite du sentier, se glisser le long du talus entre les touffes de lentisques et de myrtes, et ramper de manière à atteindre la roche sur laquelle se tenait Silas Toronthal.

C'était Sarcany.

« Eh! pardieu, s'écria Pointe Pescade, il va sans doute donner un coup de main à son associé pour l'envoyer de ce monde-ci dans l'autre!... Cap Matifou, à toi l'un,... à moi l'autre! »

Mais Sarcany s'était arrêté.... Il risquait d'être reconnu...

Une dernière malédiction s'échappa de sa bouche. Puis, s'élançant sur la droite, avant que Pointe Pescade eût pu l'atteindre, il disparut au milieu des buissons.

Un instant après, au moment où Silas Toronthal allait se précipiter, il était saisi par Cap Matifou et rapporté sur la route.

« Laissez-moi!... criait-il. Laissez-moi!...

— Vous laisser faire un faux pas, monsieur Toronthal? répondit Pointe Pescade. Jamais! »

L'intelligent garçon n'était point préparé à cet incident que ses instructions n'avaient pu prévoir. Mais si Sarcany venait de s'échapper, Silas Toronthal était pris, et il ne s'agissait plus que de le conduire à Antékirtta, où il serait reçu avec tous les honneurs auxquels il avait droit.

« Veux-tu te charger du transport de monsieur... à prix réduit? demanda Pointe Pescade à Cap Matifou.

— Volontiers! »

Silas Toronthal, n'ayant plus même le sentiment de ce qui se passait, n'aurait pu opposer la moindre résistance. Aussi Pointe Pescade, après s'être engagé sur un sentier assez raide qui descendait vers la grève en contournant le précipice, fut-il suivi de Cap Matifou, lequel tantôt traînait, tantôt portait ce corps inerte.

La descente fut extrêmement difficile, et, sans

la prodigieuse adresse de Pointe Pescade, sans l'extraordinaire force de son compagnon, tous deux eussent peut-être fait quelque mortelle chute.

Cependant, après avoir vingt fois risqué leur vie, ils atteignirent les dernières roches au niveau de la mer. Là, le rivage est formé d'une succession de petites criques, capricieusement découpées dans le massif grésien, bloquées de hautes parois rougeâtres, bordées de récifs ferrugineux qui donnent aux petites lames du ressac des teintes de sang.

Le jour commençait à se faire, lorsque Pointe Pescade trouva un abri au fond de l'une de ces anfractuosités que les mouvements de la falaise ont évidées à l'époque des commotions géologiques, et dans laquelle on pouvait déposer Silas Toronthal pour l'y laisser à la garde de Cap Matifou.

Celui-ci l'y transporta, sans que le banquier parût s'en apercevoir sans qu'il s'inquiétât de ce qu'on faisait de lui.

Puis, Pointe Pescade, s'adressant à Cap Matifou :

« Tu vas rester là, mon Cap! dit-il,

— — Tout le temps qu'il faudra.

— Même douze heures, au cas où je serais douze heures absent ?

— — Même douze heures.

— — Et sans manger?...

— Si je ne déjeune pas ce matin, je dînerai ce soir... et pour deux.

— Et si tu ne dînes pas pour deux, tu souperas pour quatre ! »

Cela dit, Cap Matifou alla s'asseoir sur une roche de manière à ne pas perdre son prisonnier des yeux. Quant à Pointe Pescade, il commença à suivre la lisière de criques en criques, en se rapprochant de Monaco.

Pointe Pescade devait-être moins longtemps à revenir qu'il ne le supposait. En moins de deux heures, il eut retrouvé l'*Électric*, mouillé dans une de ces anses désertes, que les brisants défendent contre la houle du large. Une heure après, la rapide embarcation arrivait devant l'étroite crique, où Cap Matifou, vu de la mer, apparaissait comme le mythologique Protée, paissant les troupeaux de Neptune.

Un instant après, Silas Toronthal et Cap Matifou étaient à bord ; puis, sans même avoir été aperçu des douaniers ni des pêcheurs de la côte, l'*Électric*, lancé à toute vitesse, reprenait la direction d'Anté-kirtta.

V

AUX BONS SOINS DE DIEU.

Et maintenant, qu'il soit permis de prendre une vue d'ensemble de la colonie d'Antékirtta.

Silas Toronthal et Carpena étaient au pouvoir du docteur, et celui-ci n'attendait plus que l'occasion de se remettre sur les traces de Sarcany. Quant à ses agents, chargés de découvrir la retraite de Mme Bathory, ils ne cessaient de poursuivre leurs recherches — inutilement jusqu'alors. Depuis que sa mère avait disparu, n'ayant pour appui que le vieux Borik, quel désespoir de tous les instants c'était pour Pierre Bathory, et quelle consolation le docteur eût-il pu apporter à ce cœur deux fois brisé? Lorsque Pierre lui parlait de sa mère, ne sentait-il pas qu'il parlait aussi de Sava Toronthal, dont le nom n'était jamais prononcé entre eux?

Dans cette petite ville, la capitale d'Antékírtta, non loin du Stadthaus, Maria Ferrato occupait une des plus jolies habitations d'Artenak. C'était là que la reconnaissance du docteur avait voulu lui assurer toutes les aises de la vie. Son frère y vivait près d'elle, quand il n'était pas à la mer, occupé à quelque service de transport ou de surveillance. Alors pas un jour ne s'écoulait sans qu'ils ne rendissent visite au docteur ou que celui-ci ne vînt les voir. Son affection, en les connaissant mieux, allait toujours croissant pour les enfants du pêcheur de Rovigno.

« Combien nous serions heureux, répétait souvent Maria, si Pierre pouvait l'être!

— Il ne pourra l'être, répondait Luigi, que le jour où il aura retrouvé sa mère! Mais je n'ai pas perdu tout espoir, Maria! Avec les moyens dont dispose le docteur, il faudra bien que l'on découvre en quel endroit Borik a dû emmener madame Bathory, après avoir quitté Raguse!

— Moi aussi, j'ai toujours cet espoir, Luigi! Et pourtant, sa mère lui fût-elle rendue, Pierre serait-il donc consolé?...

— Non, Maria, puisqu'il n'est pas possible que Sava Toronthal soit jamais sa femme!

— Luigi, répondit Maria, ce qui semble impossible à l'homme, est-il donc impossible à Dieu? »

Lorsque Pierre avait dit à Luigi que tous deux seraient frères, il ne connaissait pas encore Maria Ferrato, il ne savait quelle sœur, tendre et dévouée, il allait trouver en elle! Aussi, quand il eut pu l'apprécier, n'hésita-t-il pas à lui confier toutes ses peines. Cela le calmait un peu, lorsqu'ils venaient de causer ensemble. Ce qu'il ne voulait pas dire au docteur, ce dont il se défendait de lui parler, c'est à Maria qu'il en parlait. Il trouvait là un cœur aimant, ouvert à toutes les compassions, un cœur qui le comprenait, qui le consolait, une âme confiante en Dieu, qui ne savait pas désespérer. Lorsque Pierre souffrait à l'excès, lorsqu'il fallait que le trop plein de sa douleur s'échappât, il accourait près d'elle, et, que de fois, Maria parvint à lui rendre un peu de confiance en l'avenir!

Cependant, un homme était maintenant dans les casemates d'Antékirtta, qui devait savoir où se trouvait Sava et si elle était toujours au pouvoir de Sarcany. C'était celui qui l'avait fait passer pour sa fille, c'était Silas Toronthal. Mais, par respect pour la mémoire de son père, Pierre n'aurait jamais voulu le faire parler à ce sujet.

D'ailleurs, depuis son arrestation, Silas Toronthal était dans une telle situation d'esprit, dans une si grande prostration physique et morale, qu'il n'aurait rien pu dire, même si son intérêt eut été de le faire. Or, à tout prendre, il n'avait aucun intérêt à dévoiler ce qu'il savait de Sava, puisqu'il ignorait, d'une part, que ce fût le docteur Antékirtt dont il était le prisonnier, et, de l'autre, que Pierre Bathory fût vivant sur cette île Antékirtta, dont le nom même lui était inconnu.

Aussi, comme le disait Maria Ferrato, il n'y avait que Dieu qui pût dénouer cette situation.

L'état actuel de la petite colonie ne serait pas complètement mis en lumière, si l'on oubliait de mentionner Pointe Pescade et Cap Matifou dans cette revue du personnel d'Antékirtta.

Bien que Sarcany fût parvenu à s'échapper, bien que sa piste eût été perdue, la capture de Silas Toronthal avait une telle importance qu'on ne ménagea pas les remerciements à Pointe Pescade. Livré à sa seule inspiration, ce brave garçon avait fait ce qu'il fallait faire en ces conjonctures. Or, du moment que le docteur était satisfait, les deux amis auraient été mal venus à ne point l'être. Ils avaient donc réintégré leur jolie habitation, en attendant qu'on eût besoin de leurs services, et ils espéraient bien qu'ils pourraient encore être utiles à la bonne cause.

Dès leur arrivée à Antékirtta, Pointe Pescade et
Cap Matifou avaient fait visite à Maria et à Luigi
Ferrato ; puis, ils s'étaient présentés chez quelques-
uns des notables d'Artenak. Partout on leur fit bon
accueil, car partout ils s'étaient fait aimer. Il fallait
voir Cap Matifou, dans ces circonstances solennelles,
toujours un peu embarrassé de son énorme personne qui encombrait un salon à elle seule !

« Mais je suis si mince que cela compense ! »
faisait observer Pointe Pescade.

Quant à lui, il était la joie de la colonie qu'il amu-
sait avec sa constante bonne humeur. Son intelligence et son adresse, il les mettait au service de
tous. Ah ! si les choses pouvaient s'arranger à la
satisfaction générale, quelles fêtes il organiserait,
quel programme de plaisirs et d'attractions se dé-
roulerait dans la ville et aux alentours ! Oui ! s'il le
fallait, Cap Matifou et Pointe Pescade n'hésiteraient
pas à reprendre leur métier d'acrobates, pour
émerveiller la population antékirttienne !

En attendant cet heureux jour, Pointe Pescade et
Cap Matifou s'occupaient d'embellir leur jardin, om-
bragé de beaux arbres, et leur villa qui disparaissait
tout entière sous les fleurs. Les travaux du petit
bassin commençaient aussi à prendre figure. En
voyant Cap Matifou arracher et transporter d'énormes

quartiers de roche, on pouvait constater que l'hercule provençal n'avait rien perdu de sa force prodigieuse.

Cependant, si les agents du docteur, en ce qui concernait Mme Bathory, n'avaient réussi à rien, ceux qui s'étaient lancés à la recherche de Sarcany n'avaient pas été plus heureux. Aucun d'eux n'avait pu découvrir en quel endroit ce misérable s'était réfugié depuis son départ de Monte-Carlo.

Silas Toronthal connaissait-il le lieu de sa retraite? C'était au moins douteux, étant données les circonstances dans lesquelles ils avaient été séparés l'un de l'autre sur la route de Nice. D'ailleurs, en admettant qu'il le sût, consentirait-il à le dire?

Le docteur attendait donc très impatiemment que le banquier fût en état de répondre pour tenter cette épreuve.

C'était dans un fortin, établi à l'angle nord-ouest d'Artenak, que Silas Toronthal et Carpena avaient été mis au secret le plus rigoureux. Tous deux se connaissaient, mais de nom seulement, car le banquier n'avait jamais été directement mêlé aux affaires de Sarcany en Sicile. Aussi, interdiction formelle de leur laisser même soupçonner qu'ils fussent ensemble dans ce fortin. Ils y occupaient deux casemates, éloignées l'une de l'autre, et ils

10.

n'en sortaient que pour prendre l'air dans des cours séparées. Sûr de la fidélité de ceux qui les gardaient, — c'étaient deux sergents de la milice d'Antékirtta, — le docteur pouvait être certain qu'aucun rapport ne s'établirait entre les deux prisonniers.

Aucune indiscrétion à craindre, non plus à toutes les questions que Silas Toronthal et Carpena adressaient sur le lieu de leur détention, il n'avait jamais été, il ne serait jamais répondu. Donc, rien ne pouvait faire supposer, ni à l'un ni à l'autre, qu'ils fussent tombés au pouvoir de ce mystérieux docteur Antékirtt que le banquier connaissait pour l'avoir plusieurs fois rencontré à Raguse.

Cependant, de retrouver Sarcany, de le faire enlever comme avaient été enlevés ses deux complices, c'était l'incessante préoccupation du docteur. Aussi, vers le 16 octobre, après avoir constaté que Silas Toronthal était maintenant en état de répondre aux questions qui lui seraient posées, résolut-il de faire procéder à son interrogatoire.

D'abord, il se tint un conseil à ce sujet entre le docteur, Pierre et Luigi, auxquels s'adjoignit Pointe Pescade, dont les avis n'étaient pas à dédaigner.

Le docteur leur fit connaître son intention.

— Mais, fit observer Luigi, apprendre à Silas Toronthal que l'on cherche à savoir où est Sarcany, n'est-ce pas lui faire soupçonner que c'est dans le but de s'emparer de son complice?

— Eh bien, répondit le docteur, quel inconvénient y a-t-il à ce que Silas Toronthal le sache, maintenant qu'il ne peut plus nous échapper?

— Il y en a un, monsieur le docteur, répondit Luigi. Silas Toronthal peut penser qu'il est de son intérêt de ne rien dire qui soit de nature à nuire à Sarcany.

— Et pourquoi?

— Parce que ce serait nuire à lui-même.

— Puis-je faire une observation? demanda Pointe Pescade, qui se tenait un peu à l'écart — par discrétion.

— Certainement, mon ami! répondit le docteur.

— Messieurs, reprit Pointe Pescade, dans les circonstances particulières où ces deux gentlemen se sont séparés, j'ai lieu de croire qu'ils n'ont plus de ménagement à garder l'un envers l'autre. Monsieur Silas Toronthal doit détester cordialement monsieur Sarcany qui l'a conduit à la ruine. Si donc monsieur Toronthal sait où se trouve actuellement monsieur Sarcany, il n'hésitera pas à parler,

— je le pense, du moins. S'il ne dit rien, c'est qu'il n'aura rien à dire. »

Ce raisonnement ne manquait pas de justesse. Très vraisemblablement, au cas où le banquier saurait en quel lieu Sarcany était allé se réfugier, il ne se croirait pas obligé à garder le silence, lorsque son propre intérêt serait de le rompre.

« Nous allons savoir aujourd'hui même à quoi nous en tenir, répondit le docteur, et, si Toronthal ne sait rien ou s'il ne veut rien dire, j'aviserai. Mais, comme il doit encore ignorer qu'il est au pouvoir du docteur Antékirtt, comme il doit ignorer aussi que Pierre Bathory est vivant, ce sera Luigi qui se chargera de l'interroger.

— Je suis entièrement à vos ordres, monsieur le docteur, » répondit le jeune homme.

Luigi se rendit donc au fortin et fut introduit dans la casemate qui servait de prison à Silas Toronthal.

Le banquier était assis dans un coin, près d'une table. Il venait de quitter son lit. Nul doute que son état moral ne se fût très amélioré. Ce n'était point à sa ruine qu'il songeait maintenant, ni même à Sarcany. Ce qui l'inquiétait plus directement, c'était de savoir pourquoi et en quel lieu on le détenait, et quel était le puissant personnage qui avait eu

intérêt à s'emparer de lui. Il ne savait que penser :
il devait tout craindre.

Lorsqu'il vit entrer Luigi Ferrato, il se leva;
mais, sur un signe qui lui fut fait, il reprit immédiatement sa place. Quant au très court interrogatoire qu'il subit dans cette visite, le voici :

« Vous êtes Silas Toronthal, autrefois banquier
à Trieste, et, en dernier lieu, domicilié à Raguse?

Je n'ai point à répondre à cette question. A
ceux qui me retiennent prisonnier de savoir qui
je suis.

— Ils le savent.

— Qui sont-ils?

— Vous l'apprendrez plus tard.

— Et qui êtes vous?...

— Un homme qui a mission de vous interroger.

— Par qui?...

— Par ceux auxquels vous avez des comptes à
rendre !

— Encore une fois, quels sont-ils?

— Je n'ai pas à vous le dire.

— Dans ce cas, je n'ai rien à vous répondre.

— Soit! Vous étiez à Monte-Carlo avec un
homme que vous connaissez de longue date, et qui
ne vous a point quitté depuis votre départ de Ra-

guse. Cet homme, d'origine tripolitaine, s'appelle
Sarcany. Il s'est échappé au moment où vous avez
été arrêté sur la route de Nice. Or voici ce que je
suis chargé de vous demander : Savez-vous où est
présentement cet homme, et, le sachant, voulez-
vous le dire? »

Silas Toronthal se garda bien de répondre. Si
l'on voulait savoir où était Sarcany, c'était évidemment pour s'emparer de sa personne comme on
s'était emparé de lui-même. Or, à quel propos?
Était-ce pour des faits communs de leur passé, et,
plus spécialement, pour les machinations relatives
à la conspiration de Trieste? Mais comment ces
faits étaient-ils connus, et quel homme pouvait
avoir intérêt à venger le comte Mathias Sandorf et
ses deux amis, morts depuis plus de quinze ans?
Voilà ce que le banquier se demanda tout d'abord.
En tout cas, il avait lieu de croire qu'il n'était pas
sous le coup d'une justice régulière, dont l'action
menaçait de s'exercer sur son complice et sur lui,
— ce qui ne pouvait que l'inquiéter davantage.
Aussi, bien qu'il ne mît pas en doute que Sarcany
se fût réfugié à Tétuan, dans la maison de Namir,
où devait se jouer sa dernière partie, et même en
un délai assez restreint, résolut-il de ne rien dire à
ce sujet. Si, plus tard, son intérêt lui ordonnait de

parler, il parlerait. Jusque-là, il importait qu'il se tînt sur une extrême réserve.

« Eh bien?... demanda Luigi, après avoir laissé au banquier le temps de réfléchir.

— Monsieur, répondit Silas Toronthal, je pourrais vous répondre que je sais où est ce Sarcany dont vous me parlez et que je ne veux pas le dire! Mais, en réalité, je l'ignore.

— C'est votre seule réponse?

— La seule et la vraie! »

Là-dessus, Luigi se retira et vint rendre compte au docteur de son entretien avec Silas Toronthal. Comme la réponse du banquier n'avait rien d'inadmissible, en somme, il fallait bien s'en contenter. Donc, pour découvrir la retraite de Sarcany, il n'y avait plus qu'à multiplier les recherches, en n'épargnant ni soins ni argent.

Mais, en attendant que quelque indice lui permît de se remettre en campagne, le docteur eût à s'occuper de questions qui intéressaient gravement la sécurité d'Antékirtta.

Des avis secrets lui étaient récemment arrivés des provinces de la Cyrénaïque. Ses agents recommandaient de surveiller plus sévèrement les parages du golfe de la Sidre. D'après eux, la redoutable association des Senoûsistes semblait réunir ses forces

sur la frontière de la Tripolitaine. Un mouvement
général les portait peu à peu vers le littoral syr-
tique. Il se faisait un échange de messages par les
rapides courriers du grand-maître entre les divers
zaouyias de l'Afrique septentrionale. Des armes,
expédiées de l'étranger, avaient été livrées et reçues
pour le compte de la Confrérie. Enfin! une concentration s'opérait visiblement dans le vilâyet de
Ben-Ghâzi, et, par conséquent, à proximité d'Antékirtta.

En prévision d'un péril qui pouvait être immi-
nent, le docteur dut s'occuper de prendre toutes
les mesures commandées par la prudence. Pendant
les trois dernières semaines d'octobre, Pierre, et
Luigi le secondèrent très activement dans cette
œuvre, et tous les colons lui apportèrent leur concours. Plusieurs fois, Pointe Pescade fut secrète-
ment envoyé jusqu'au littoral de la Cyrénaïque, afin
de se mettre en rapport avec les agents, et il fut
constaté que le danger qui menaçait l'île n'était
point imaginaire. Les pirates du Ben-Ghâzi, renforcés
par une véritable mobilisation des affiliés de toute
la province, préparaient une expédition dont Antékirtta devait être l'objectif. Cette expédition serait-
elle prochaine? on ne put rien savoir à ce sujet.
En tout cas, les chefs des Senoûsistes se trouvaient

encore dans les vilâyets du sud, et il était probable
qu'aucune importante opération ne serait entreprise, sans qu'ils fussent là pour la diriger. C'est
pourquoi les *Electrics* d'Antékirtta eurent l'ordre
de croiser dans les parages de la mer des Syrtes,
aussi bien pour observer le littoral de la Cyrénaïque
et de la Tripolitaine que la côte de la Tunisie
jusqu'au cap Bon.

Le dispositif des défenses de l'île, on le sait,
n'était pas complètement achevé. Mais, s'il n'était
pas possible de le terminer en temps utile, du moins
les approvisionnements en munitions de toute sorte
abondaient-ils dans l'arsenal d'Antékirtta.

Antékirtta, séparée des rivages de la Cyrénaïque
par une vingtaine de milles, serait absolument
isolée dans le fond du golfe, si un îlot, connu
sous le nom d'îlot Kencraf, mesurant trois cents
mètres de circonférence, n'émergeait à deux milles
de sa pointe sud-est. Dans la pensée du docteur,
cet îlot devait servir de lieu de déportation, si jamais un des colons méritait d'être déporté, après
condamnation prononcée par la justice régulière de
l'île, — ce qui ne s'était point encore produit. Aussi
quelques barraquements y avaient-ils été établis
pour cet usage.

Mais, en somme, l'îlot Kencraf n'était pas fortifié,

et, au cas où une flottille ennemie fut venue attaquer Antékirtta, rien que par sa position il constituait un véritable danger. En effet, il suffisait d'y débarquer pour faire de cet îlot une solide base d'opérations. Avec toute facilité d'y déposer des munitions et des vivres, avec la possibilité d'y établir une batterie, il pouvait offrir à des assaillants un très sérieux point d'appui, et mieux eût valu qu'il n'existât pas, puisque le temps manquait pour le mettre en état de défense.

La situation de l'îlot Kencraf les avantages qu'un ennemi en pouvait tirer contre Antékirtta, ne laissaient pas d'inquiéter le docteur. Aussi, tout bien pesé, résolut-il de le détruire, mais, en même temps, de faire servir sa destruction à l'anéantissement complet des quelques centaines de pirates qui se seraient risqués à en prendre possession.

Ce projet fut immédiatement mis à exécution. A la suite de travaux pratiqués dans son sol, l'îlot Kencraf se trouva bientôt converti en un immense fourneau de mine, qui fut relié à l'île Antékirtta par un fil sous-marin. Il suffirait d'un courant électrique, lancé au moyen de ce fil, pour qu'il ne restât même plus trace de l'îlot à la surface de la mer.

En effet, ce n'était ni à la poudre ordinaire, ni au fulmi-coton, ni même à la dynamite, que le docteur

avait demandé ce formidable effet de destruction.
Il connaissait la composition d'un agent explosif,
récemment découvert, dont la puissance brisante
est si considérable qu'on a pu dire qu'il est à la
dynamite ce que la dynamite est à la poudre ordinaire. Plus maniable que la nitro-glycérine, plus
transportable, puisqu'il n'exige l'emploi que de deux
liquides isolés dont le mélange ne se fait qu'au moment de s'en servir, réfractaire à la congélation jusqu'à vingt degrés au-dessous de zéro, alors que la
dynamite gèle à cinq ou six, ne pouvant éclater que
sous un choc violent, tel que l'explosion d'une cap-
sule de fulminate, cet agent est d'un emploi aussi
terrible que facile.

Comment s'obtient-il? Tout simplement par l'action du protoxyde d'azote, pur et anhydre, à l'état
liquide, sur divers corps carburés, huiles minérales,
végétales, animales ou autres dérivés des corps
gras. De ces deux liquides, inoffensifs séparément,
solubles l'un dans l'autre, on en fait un seul dans
la proportion voulue, comme on ferait un mélange
d'eau et de vin, sans aucun danger de manipulation.
Telle est la panclastite, mot qui signifie « brisant
tout! » et elle brise tout, en effet.

Cet agent fut donc introduit sous forme de nombreuses fougasses dans le sol de l'îlot. Au moyen

du fil sous-marin d'Antékirtta qui porterait l'étincelle dans les amorces de fulminate dont chaque fougasse était munie, l'explosion se produirait instantanément. Toutefois, comme il pouvait arriver que ce fil fût mis hors de service, par surcroît de précaution, un certain nombre d'appareils furent enterrés dans le massif de l'îlot et reliés entre eux par d'autres fils souterrains. Il suffisait alors que le pied, par hasard, vînt frôler à la surface du sol les lamelles de l'un de ces appareils pour fermer le circuit, établir le courant, provoquer l'explosion. Il était donc difficile, si de nombreux assaillants débarquaient sur l'îlot Kencraf, qu'il échappât à une destruction absolue.

Ces divers travaux étaient très avancés dès les premiers jours de novembre, lorsqu'un incident se produisit, qui allait obliger le docteur à quitter l'île pendant quelques jours.

Le 3 novembre, dans la matinée, le steamer affecté au transport des charbons de Cardiff, vint mouiller dans le port d'Antékirtta. Pendant sa traversée, le mauvais temps l'avait obligé de relâcher à Gibraltar. Là, bureau restant, le capitaine trouva une lettre à l'adresse du docteur, — lettre que les offices du littoral faisaient suivre depuis quelque temps, sans qu'elle pût arriver à son destinataire.

Le docteur prit cette lettre, dont l'enveloppe était timbrée des cachets de Malte, Catane, Raguse, Ceuta, Otrante, Malaga, Gibraltar.

La suscription, — grosse écriture tremblée, — était évidemment d'une main qui n'avait plus l'habitude, ni peut-être la force de tracer quelques mots. En outre, l'enveloppe ne portait qu'un nom — celui du docteur — avec cette recommandation touchante :

« Le docteur Antékirtt,

« Aux bons soins de Dieu. »

Le docteur brisa l'enveloppe, ouvrit la lettre, — une feuille de papier jaunie déjà, — et il lut ce qui suit :

« Monsieur le docteur,

« Que Dieu fasse tomber cette lettre entre vos « mains!... Je suis bien vieux!... Je puis mourir!... « Elle sera seule au monde!... Pour les derniers « jours d'une vie qui a été si douloureuse, ayez « pitié de madame Bathory! Venez à son aide!... « Venez!

« Votre humble serviteur,

« BORIK. »

11.

Puis, dans un coin, ce nom : « Carthage, » et au-dessous, ces mots : « Régence de Tunis. »

Le docteur était seul dans le salon du Stadthaus, au moment où il venait de prendre connaissance de cette lettre. Ce fut un cri de joie et de désespoir qui lui échappa à la fois, — de joie, car il retrouvait enfin les traces de Mme Bathory, — de désespoir, ou de crainte plutôt, car les timbres de l'enveloppe indiquaient que la lettre avait déjà plus d'un mois de date !

Luigi fut aussitôt mandé.

« Luigi, dit le docteur, préviens le capitaine Ködrik de tout disposer pour que le *Ferrato* soit sous pression dans deux heures !

— Dans deux heures, il sera en mesure de prendre la mer, répondit Luigi.

— Est-ce pour votre service, monsieur le docteur ?

— Oui.

— S'agit-il d'une longue traversée ?

— Trois ou quatre jours seulement.

— Vous partez seul ?

— Non ! Occupe-toi de chercher Pierre, et dis-lui de se tenir prêt à m'accompagner.

— Pierre est absent, mais, avant une heure, il sera revenu des travaux de l'îlot Kencraf.

— Je désire aussi que ta sœur s'embarque avec nous, Luigi. Qu'elle fasse à l'instant ses préparatifs de départ.

— A l'instant. »

Et Luigi sortit aussitôt pour faire exécuter les ordres qu'il venait de recevoir.

Une heure après, Pierre arrivait au Stadthaus.

« Lis, » dit le docteur.

Et il lui tendit la lettre de Borik.

VI

L'APPARITION.

Le steam-yacht appareilla un peu avant midi sous le commandement du capitaine Ködrik et du second Luigi Ferrato. Il n'avait pour passagers que le docteur, Pierre et Maria, chargée de donner ses soins à Mme Bathory pour le cas où il serait impossible de la transporter immédiatement de Carthage à Antékirtta.

Sans qu'il soit nécessaire d'y insister, on comprend ce que devaient être les angoisses de Pierre Bathory. Il savait où était sa mère, il allait la rejoindre!... Mais pourquoi Borik l'avait-il emmenée si précipitamment de Raguse, et sur cette côte lointaine de la Tunisie? Dans quelle misère devait-il s'attendre à les retrouver tous deux?

A ses douleurs que Pierre lui confiait, Maria ne cessait de répondre par des paroles de reconnaissance et d'espoir. Visiblement, elle sentait l'intervention de la Providence dans le fait de cette lettre qui venait d'arriver au docteur.

Ordre avait été donné d'imprimer au *Ferrato* son maximum de vitesse. Aussi, les appareils surchauffeurs aidant, dépassa-t-il quinze milles à l'heure en moyenne. Or, la distance entre le fond du golfe de la Sidre et le cap Bon, situé à l'extrémité nord-est de la pointe tunisienne, n'est que de mille kilomètres au plus ; puis, du cap Bon jusqu'à la Goulette, qui forme le port de Tunis, il n'y a qu'une heure et demie de traversée pour un rapide steam-yacht. En trente heures, à moins de mauvais temps ou d'accident, le *Ferrato* devait donc être arrivé à destination.

La mer était belle en dehors du golfe, mais le vent soufflait du nord-ouest, sans indiquer cependant une tendance à s'accroître. Le capitaine Ködrik fit porter sur le cap Bon, un peu au-dessous, afin de rencontrer plus promptement l'abri de la terre pour le cas où la brise viendrait à fraîchir. Il ne devait donc point prendre connaissance de l'île de Pantellaria, située à mi-chemin à peu près entre le cap Bon et Malte, puisqu'il avait l'intention de ranger le cap d'aussi près que possible.

En s'arrondissant en dehors du golfe de la Sidre, la côte s'échancre largement à l'ouest et décrit une courbe de grand rayon. Là se développe plus spécialement le littoral de la régence de Tripoli, qui remonte jusqu'au golfe de Gabès, entre l'île Dscherba et la ville de Sfax; puis, la côte revient un peu dans l'est, vers le cap Dinias, pour former le golfe d'Hammamet, et elle se développe alors, sud et nord, jusqu'au cap Bon.

Ce fut en réalité sur ce golfe d'Hammamet que le *Ferrato* prit direction. C'est là qu'il devait tout d'abord rallier la terre, de manière à ne plus la quitter jusqu'à la Goulette.

Pendant cette journée du 3 novembre et dans la nuit suivante, la houle du large grossit sensiblement. Il ne faut que peu de vent pour lever cette mer des Syrtes, à travers laquelle se propagent les courants les plus capricieux de la Méditerranée. Mais, dès le lendemain, vers huit heures, la terre fut signalée précisément à la hauteur du cap Dinias, et, sous l'abri de cette côte élevée, la navigation devint belle et rapide.

Le *Ferrato* prolongeait le rivage à moins de deux milles, et l'on pouvait en observer tous les détails. Au delà du golfe d'Hammamet, par la latitude de Kélibia, il rangea de plus près encore la petite anse de Sîdi-Yousouf, couverte au nord par un long semis de roches.

En retour s'étend une magnifique grève de sable. Sur l'arrière se profile une succession de mamelons, couverts de petits arbustes rabougris, poussés dans un sol plus riche de pierres que d'humus. Au fond, de hautes collines se relient aux « djebels », qui forment les montagnes de l'intérieur. Çà et là, un marabout abandonné, comme une sorte de tache blanche, se perd dans la verdure des croupes lointaines. Au premier plan apparaît un petit fortin en ruines, et, plus haut, un fort en meilleur état, bâti sur le mamelon qui ferme au nord l'anse de Sîdi-Yousouf.

Cependant l'endroit n'était pas désert. Sous l'abri des roches, plusieurs navires levantins, chébecs et polacres, étaient mouillés à une demi-encâblure de la côte par cinq ou six brasses. Mais, telle est la transparence de ces vertes eaux, qu'on voyait nettement le fond de pierres noires et de sable légèrement strié, sur lequel mordaient les ancres, auxquelles la réfraction donnait des formes fantastiques.

Le long de la grève, au pied de petites dunes semées de lentisques et de tamarins, un douar, composé d'une vingtaine de gourbis, montrait ses tentes de toile rayée de jaune déteint. On eût dit d'un

vaste manteau arabe, jeté en désordre sur ce rivage.
Hors des plis du manteau paissaient des moutons
et des chèvres, de loin, semblables à de gros cor-
beaux noirs, dont un seul coup de feu eût fait
envoler la bande criarde. Une dizaine de chameaux,
les uns allongés sur le sable, les autres immobiles
comme s'ils eussent été pétrifiés, ruminaient près
d'une étroite lisière de roches qui pouvait servir de
quai de débarquement.

Tout en passant devant l'anse de Sîdi-Yousouf,
le docteur put observer qu'on mettait à terre des
munitions, des armes, et même quelques petites
pièces de campagne. Par sa situation éloignée sur
les confins littoraux de la régence de Tunis, l'anse
de Sîdi-Yousouf ne se prêtait que trop aisément
à ce genre de contrebande.

Luigi fit remarquer au docteur le débarquement
qui se faisait alors sur cette plage.

« Oui, Luigi, répondit-il, et, si je ne me trompe,
ce sont des Arabes qui viennent prendre livraison
d'armes de guerre. Ces armes sont-elles destinées
aux montagnards pour combattre les troupes françaises, qui viennent de débarquer en Tunisie, je ne
sais trop que penser! Ne serait-ce pas plutôt pour
le compte de ces nombreux affiliés du Senoûsisme,
pirates de terre ou pirates de mer, dont la concen-

tration s'opère actuellement dans la Cyrénaïque ? En effet, il me semble reconnaître, parmi ces Arabes, plutôt des types de l'intérieur de l'Afrique que ceux de la province tunisienne !

— Mais, demanda Luigi, comment les autorités de la régence, ou tout au moins les autorités françaises, ne s'opposent-elles pas à ce débarquement d'armes et de munitions.

— A Tunis, on ne sait guère ce qui se passe sur ce revers du cap Bon, répondit le docteur, et, lorsque les Français seront maîtres de la Tunisie, il est à craindre que tout ce revers oriental des djébels leur échappe pour longtemps encore ! Quoi qu'il en soit, ce débarquement m'est très suspect, et, n'était notre vitesse qui met le *Ferrato* hors de ses atteintes, je pense que cette flottille n'eût pas hésité à l'attaquer. »

Si telle était la pensée des Arabes, comme le disait le docteur, il n'y avait rien à craindre en effet. Le steam-yacht, en moins d'une demi-heure, eut dépassé la petite rade de Sîdi-Yousouf. Puis, après avoir atteint l'extrémité du cap Bon, si puissamment découpé dans le massif tunisien, il doubla rapidement le phare qui éclaire sa pointe, toute hérissée de roches d'un entassement superbe.

Le *Ferrato* donna alors à pleine vitesse à travers

12

ce golfe de Tunis. compris entre le cap Bon et le cap Carthage. Sur sa gauche, se développait la série des escarpements du djébel Bon-Karnin, du djébel Rossas et du djébel Zaghouan, avec quelques villages, enfouis çà et là au fond de leurs gorges. A droite, dans toute sa splendeur de Kasbah arabe, en pleine lumière, éclatait la cité sainte de Sîdi-Bou-Saïd, qui fut peut-être un des faubourgs de la Carthage antique. A l'arrière plan, Tunis, toute blanche de soleil, se haussait au-dessus du lac de Bahira, un peu en arrière de ce bras que la Goulette tend à tous les débarqués des paquebots de l'Europe.

A une distance de deux ou trois milles du port était mouillée une escadre de vaisseaux français; puis, moins au large, se balançaient sur leurs chaînes quelques bâtiments de commerce, dont les pavillons divers donnaient à cette rade une grande animation.

Il était une heure, lorsque le *Ferrato* laissa tomber l'ancre à trois encâblures du port de la Goulette. Après que les formalités de la santé eurent été remplies, la libre pratique fut donnée aux passagers du steam-yacht. Le docteur Antékirtt, Pierre, Luigi et sa sœur prirent place dans la baleinière qui déborda aussitôt. Après avoir tourné le môle, elle se glissa à travers cet étroit canal, toujours encombré d'embarcations qui se rangent debout aux deux quais, et elle arriva devant cette place irrégulière, plantée d'arbres, bordée de villas, d'agences, de cafés, sur laquelle fourmillent Maltais, Juifs, Arabes, soldats français et indigènes, à l'entrée de la principale rue de la Goulette.

La lettre de Borik était datée de Carthage, et ce nom, avec quelques ruines perdues à la surface du sol, est tout ce qui reste de la cité d'Annibal.

Pour se rendre à la grève de Carthage, il n'est pas nécessaire de prendre le petit chemin de fer italien qui dessert la Goulette et Tunis, en contournant le lac de Bahira. Soit par la plage, dont le sable, dur et fin, offre aux piétons un excellent sol de promenade, soit par une route poussiéreuse, percée à travers la plaine, un peu plus en arrière, on arrive aisément à la base de la colline qui porte la chapelle de Saint-Louis et le couvent des missionnaires algériens.

Au moment où le docteur et ses compagnons débarquèrent, plusieurs voitures, attelées de petits chevaux, attendaient sur la place. Monter dans l'une de ces voitures, donner l'ordre au cocher de marcher rapidement vers Carthage, cela fut fait en un instant. La voiture, après avoir suivi la rue principale de la Goulette au grand trot de son attelage, passa entre ces villas somptueuses que les riches Tunisiens habitent pendant la saison des grandes chaleurs, et ces palais de Kérédine et de Mustapha, qui s'élèvent sur le littoral, aux abords des anciens ports de la cité carthaginoise. Il y a plus de deux mille ans, la rivale de Rome couvrait toute cette plage depuis la pointe de la Goulette jusqu'au cap qui a conservé son nom.

La chapelle de Saint-Louis, construite sur un monticule haut de deux cents pieds, s'élève à la place même où il est admis que le roi de France est mort en 1270. Elle occupe le centre d'un petit enclos, qui compte plus de débris antiques, de fragments d'architecture, de morceaux de statues, de vases, de cippes, de colonnes, de chapiteaux, de stèles, que d'arbres ou d'arbustes. En arrière se trouve le couvent des missionnaires, dont le père Delattre, savant archéologue, est actuellement le prieur. Des hauteurs de cet enclos, on domine toute la grève de sables, depuis le cap Carthage jusqu'aux premières maisons de la Goulette.

Au pied du monticule. s'élèvent quelques palais, de construction arabe, avec « ces piers » à la mode anglaise, qui profilent sur la mer leurs élégantes estacades, auxquelles peuvent accoster les embarcations de la rade. Au delà, c'est ce golfe superbe,

dont tous les promontoires, toutes les pointes, toutes
les montagnes, à défaut de ruines, sont du moins
dotés d'un souvenir historique.

Mais, s'il y a des palais et des villas jusqu'à
l'emplacement des anciens ports de guerre et de
commerce, on trouve aussi, çà et là, éparses dans
les plis de la colline, au milieu des pierres éboulées,
sur un sol grisâtre et presque impropre à la culture,
de pauvres maisonnettes, où vivent les misérables
de l'endroit. La plupart n'ont d'autre métier que de
chercher à la surface ou dans la première couche
du sol, des débris plus ou moins précieux de
l'époque carthaginoise, bronzes, pierres, poteries,
médailles, monnaies, que le couvent veut bien leur
acheter pour son musée d'archéologie, — plutôt par
pitié que par besoin.

Quelques-uns de ces refuges n'ont que deux ou
trois pans de mur. On dirait des ruines de mara-
bouts, qui sont restées blanches sous le climat de
ce rivage ensoleillé.

Le docteur et ses compagnons allaient de l'un à
l'autre, ils les visitaient, ils cherchaient la demeure
de Mme Bathory, ne pouvant croire qu'elle fût réduite à ce degré de misère.

Soudain, la voiture s'arrêta devant une construction délabrée, dont la porte n'était qu'une sorte

12.

de trou, percé dans une muraille à demi perdue sous les herbes.

Une vieille femme, couverte d'une cape noirâtre, était assise devant cette porte.

Pierre l'avait reconnue!... Il avait poussé un cri!... C'était sa mère!... Il s'élança, il s'agenouilla devant elle, il la serra dans ses bras!... Mais elle ne répondait pas à ses caresses, elle ne semblait pas le reconnaître!

« Ma mère!... ma mère! » s'écriait-il, pendant que le docteur, Luigi, sa sœur, se pressaient autour d'elle.

En ce moment, à l'angle de la ruine, parut un vieillard.

C'était Borik.

Tout d'abord il reconnut le docteur Antékirtt, et ses genoux fléchirent. Puis, il aperçut Pierre... Pierre, dont il avait accompagné le convoi jusqu'au cimetière de Raguse!... Ce fut trop pour lui! Il tomba sans mouvement, pendant que ces mots s'échappaient de ses lèvres :

« Elle n'a plus sa raison. »

Ainsi, au moment où ce fils retrouvait sa mère, ce qui restait d'elle, ce n'était plus qu'un corps inerte! Et la vue de son enfant qu'elle devait croire mort, qui reparaissait soudain à ses yeux, n'avait pas suffi à lui rendre le souvenir du passé!

Mme Bathory s'était relevée, les yeux hagards, mais vifs encore. Puis, sans avoir rien vu, sans avoir prononcé une seule parole, elle rentra dans le marabout, où Maria la suivit, sur un signe du docteur.

Pierre était demeuré immobile, devant la porte, sans oser, sans pouvoir faire un pas!

Cependant, grâce aux soins du docteur, Borik venait de reprendre connaissance, et il s'écriait :

« Vous, monsieur Pierre!... vous!... vivant!

— Oui!... répondit Pierre, oui!... vivant!... quand il vaudrait mieux que je fusse mort! »

En quelques mots, le docteur mit Borik au courant de ce qui s'était passé à Raguse. Puis, à son tour, le vieux serviteur fit, non sans peine, le récit de ces deux mois de misère.

« Mais, avait d'abord demandé le docteur, est-ce la mort de son fils qui a fait perdre la raison à Mme Bathory?

— Non, monsieur, non! » répondit Borik.

Et voici ce qu'il raconta :

Mme Bathory, restée seule au monde, avait voulu quitter Raguse, et elle était allée demeurer au village de Vinticello, où elle avait encore quelques membres de sa famille. Pendant ce temps, on devait s'occuper de réaliser le peu qu'elle possédait dans sa modeste maison, son intention étant de ne plus l'habiter.

Six semaines après, accompagnée de Borik, elle revint à Raguse pour terminer ses affaires, et, lorsqu'elle fut arrivée à la rue Marinella, elle trouva une lettre qui avait été déposée dans la boîte de la maison.

Cette lettre lue, comme si cette lecture eût causé un premier ébranlement à sa raison, Mme Bathory jeta un cri, s'élança dans la rue, descendit en courant vers le Stradone, le traversa, et vint frapper à la porte de l'hôtel Toronthal qui s'ouvrit aussitôt.

« L'hôtel Toronthal?... s'écria Pierre.

— Oui! répondit Borik, et quand je fus parvenu à rejoindre Mme Bathory, elle ne me reconnut pas!... Elle était...

— Mais pourquoi ma mère allait-elle à l'hôtel Toronthal?... Oui!... pourquoi? répétait Pierre, qui regardait le vieux serviteur, comme s'il eût été hors d'état de le comprendre.

— Elle voulait, sans doute, parler à monsieur Toronthal, répondit Borik. et, depuis deux jours, monsieur Toronthal avait quitté l'hôtel avec sa fille, sans que l'on sût où il était allé.

— Et cette lettre?... cette lettre?...

— Je n'ai pu la retrouver, monsieur Pierre, répondit le vieillard, et, soit que madame Bathory l'ait perdue ou détruite, soit qu'on la lui ait prise, je n'ai jamais su ce qu'elle contenait ! »

Il y avait là un mystère. Le docteur, qui avait écouté ce récit sans prononcer une parole, ne savait comment expliquer cette démarche de Mme Bathory. Quel impérieux motif avait donc pu la pousser vers cet hôtel du Stradone dont tout devait l'écarter, et pourquoi, en apprenant la disparition de Silas Toronthal, avait-elle éprouvé une si violente secousse qu'elle était devenue folle ?

Le récit du vieux serviteur fut achevé en quelques instants. Après avoir réussi à cacher l'état de Mme Bathory, il s'occupa de réaliser les dernières ressources qui leur restaient. La folie, calme et douce, de la malheureuse veuve lui avait permis d'agir sans exciter aucun soupçon. Quitter Raguse, se réfugier n'importe où, à la condition que ce fût loin de cette ville maudite, il ne voulait pas autre chose. Quelques jours plus tard, il parvint à s'embarquer avec Mme Bathory sur un de ces paquebots qui font le service du littoral méditerranéen, et il arriva à Tunis ou plutôt à la Goulette. C'est là qu'il prit la résolution de s'arrêter.

Et alors, au fond de ce marabout abandonné, le vieillard se donna tout entier aux soins nécessités par l'état mental de Mme Bathory, qui semblait avoir perdu la parole en même temps que la raison. Mais ses ressources étaient si minimes qu'il vit le moment très prochain où tous deux seraient réduits à la dernière misère.

Ce fut dans ces conditions que le vieux serviteur se souvint du docteur Antékirtt, de l'intérêt que lui avait toujours inspiré la famille d'Étienne Bathory. Mais Borik ne savait pas quelle était sa résidence habituelle. Il lui écrivit cependant, et, cette lettre, qui contenait un appel désespéré, il la confia aux soins de la Providence. Or, il paraît que la Providence fait assez bien son service postal, puisque la lettre était arrivée à son adresse!

Ce qu'il y avait à faire maintenant était tout indiqué. Mme Bathory, sans faire aucune résistance, fut conduite à la voiture dans laquelle elle prit place avec son fils, Borik et Maria qui ne devait plus la quitter. Puis, pendant que la voiture reprenait le chemin de la Goulette, le docteur et Luigi revinrent à pied en suivant la lisière de la plage.

Une heure après, tous s'embarquaient à bord du steam-yacht, qui était resté en pression. L'ancre fut aussitôt levée, et, dès qu'il eût doublé le cap Bon, le *Ferrato* alla prendre connaissance des feux de Pantellaria. Le surlendemain, aux premières

lueurs du jour, il mouillait dans le port d'Antékirtta.

Mᵐᵉ Bathory fut immédiatement débarquée, conduite à Artenak, installée dans une des chambres
du Stadthaus, et Maria quitta sa maison pour venir
demeurer près d'elle.

Quel nouveau sujet de douleur pour Pierre Bathory! Sa mère privée de raison, sa mère devenue
folle dans des circonstances qui allaient rester sans
doute inexplicables! Et encore, si la cause de cette
folie eût été connue, peut-être aurait-on pu provoquer quelque salutaire réaction! Mais on ne savait
rien, on ne pouvait rien savoir!

« Il faut la guérir!.. Oui!.. Il le faut! » s'était dit
le docteur, qui se dévoua tout entier à cette tâche.

Tâche difficile, cependant, car Mᵐᵉ Bathory ne
cessa pas de rester dans une complète inconscience
de ses actes, et jamais un souvenir du passé ne
reparaissait en elle.

Et pourtant, cette puissance de suggestion que le
docteur possédait à un si haut degré, dont il avait
déjà donné de si incontestables preuves, n'était-ce
pas le cas de l'employer pour modifier l'état
mental de Mᵐᵉ Bathory? Ne pouvait-on, par influence magnétique, rappeler la raison en elle et l'y
maintenir jusqu'à ce que la réaction se fût produite?

Pierre Bathory adjurait le docteur de tenter même l'impossible pour guérir sa mère.

« Non, répondait le docteur, cela même ne pourrait réussir ! Les aliénés sont précisément les sujets le plus réfractaires à ce genre de suggestions ! Pour éprouver cette influence, Pierre, il faudrait que ta mère eût encore une volonté personnelle, à laquelle je pusse substituer la mienne ! Je te le répète, cela serait sans effet sur elle !

— Non !... je ne veux pas l'admettre, reprenait Pierre, qui ne pouvait se rendre. Je ne veux pas admettre que ma mère n'arrive un jour à reconnaître son fils... son fils qu'elle croit mort !...

— Oui !... qu'elle croit mort ! répondit le docteur. Mais... peut-être si elle te croyait vivant... ou bien, si, amenée devant ta tombe... elle te voyait apparaître... »

Le docteur s'était arrêté sur cette idée. Pourquoi une telle secousse morale, provoquée dans des conditions favorables, n'agirait-elle pas sur Mme Bathory ?

« Je le tenterai ! » s'écria-t-il.

Et, lorsqu'il eut dit sur quelle épreuve il basait l'espoir de guérir sa mère, Pierre tomba dans les bras du docteur.

A partir de ce jour, la mise en scène, qui pouvait amener le succès de cette tentative, fut l'objet de tous leurs soins. Il ne s'agissait de rien moins que de raviver en Mme Bathory les effets du souvenir, anéantis par son état actuel, et cela, dans des circonstances tellement saisissantes qu'une réaction pût se produire en son esprit.

Le docteur fit donc appel à Borik, à Pointe Pescade, afin de reconstituer, avec une exactitude suffisante, la disposition du cimetière de Raguse et la forme du monument funéraire, qui servait de tombeau à la famille Bathory.

Or, dans le cimetière de l'île, à un mille d'Artenak, sous un groupe d'arbres verts, s'élevait une petite chapelle, à peu de choses près pareille à celle de Raguse. Il n'y eut qu'à tout disposer pour rendre plus frappante la ressemblance des deux monuments. Puis, sur le mur du fond, on plaça une plaque de marbre noir, portant le nom d'Étienne Bathory avec la date de sa mort : 1867.

Le 13 novembre, le moment sembla venu de commencer les épreuves préparatoires, afin de réveiller la raison chez Mme Bathory et par une gradation presque insensible.

Vers sept heures du soir, Maria, accompagnée de Borik, prit la veuve par le bras. Puis, après l'avoir fait sortir du Stadthaus, elle la conduisit à travers

la campagne jusqu'au cimetière. Là, devant le seuil de
la petite chapelle, Mme Bathory resta inerte et muette,
comme elle l'était toujours, bien qu'à la clarté
d'une lampe, qui brillait à l'intérieur, elle eût pu lire
le nom d'Étienne Bathory gravé sur la plaque de
marbre. Seulement, lorsque Maria et le vieillard se
furent agenouillés sur la marche, il y eut dans son
regard une sorte d'éclair qui s'éteignit aussitôt.

Une heure après, Mme Bathory était de retour au
Stadthaus, et, avec elle, tous ceux qui, de près ou
de loin, l'avaient suivie pendant cette première expérience.

Le lendemain et les jours suivants, on recom-
mença ces épreuves qui ne donnèrent aucun résultat. Pierre les avait observées avec une émotion
poignante et se désespérait déjà de leur inanité,
bien que le docteur lui répétât que le temps devait
être son plus utile auxiliaire. Aussi ne voulait-il
frapper le dernier coup que lorsque Mme Bathory
paraîtrait suffisamment préparée pour en ressentir
toute la violence.

Toutefois, à chaque visite au cimetière, un certain
changement, qu'on ne pouvait méconnaître, se
produisait dans l'état mental de Mme Bathory. Ainsi,
un soir, lorsque Borik et Maria se furent agenouillés
sur le seuil de la chapelle, Mme Bathory, qui était

restée un peu en arrière, se rapprocha lentement, mit sa main sur la grille de fer, regarda la paroi du fond, vivement éclairée par la lampe, et se retira précipitamment.

Maria, revenue près d'elle, l'entendit alors murmurer un nom à plusieurs reprises.

C'était la première fois, depuis si longtemps que, les lèvres de Mme Bathory s'entr'ouvraient pour parler!

Mais alors quel fut l'étonnement, — plus que de l'étonnement, — la stupéfaction de tous ceux qui purent l'entendre?...

Ce nom, ce n'était pas celui de son fils, ce n'était pas celui de Pierre!... C'était le nom de Sava!

Si l'on comprend ce que dut ressentir Pierre Bathory, qui pourrait peindre ce qui passa dans l'âme du docteur à cette évocation si inattendue de Sava Toronthal? Il ne fit aucune observation, cependant, il ne laissa rien voir de ce qu'il venait d'éprouver.

Un autre soir encore, l'épreuve fut reprise. Cette fois, Mme Bathory, comme si elle eût été conduite par une main invisible, vint s'agenouiller d'elle--même sur le seuil de la chapelle. Sa tête se courba alors, un soupir gonfla sa poitrine, une larme tomba de ses yeux. Mais, ce soir-là, pas un nom ne s'échappa de ses lèvres, et on eût pu croire qu'elle avait oublié celui de Sava.

Mme Bathory, ramené au Stadthaus, se montra en proie à une de ces agitations nerveuses dont elle n'avait plus l'habitude. Ce calme, qui jusqu'alors avait été la caractéristique de son état mental, fit place à une singulière exaltation. En ce cerveau, il se faisait évidemment un travail de vitalité, qui était de nature à donner bien de l'espoir.

En effet, la nuit fut troublée et inquiète. Mme Bathory, à plusieurs reprises, laissa entendre quelque vagues paroles que Maria put à peine saisir, mais il fut constant qu'elle rêvait. Et, si elle rêvait, c'est que la raison commençait à lui revenir, c'est qu'elle serait guérie, si sa raison se maintenait dans l'état de veille !

Aussi le docteur résolut-il de faire, dès le lendemain, une nouvelle tentative, en l'entourant d'une mise en scène plus saisissante encore.

Pendant toute cette journée du 18, Mme Bathory ne cessa d'être sous l'empire d'une violente surexcitation intellectuelle. Maria en fut très frappée, et Pierre, qui passa presque tout ce temps près de sa mère, éprouva un pressentiment du plus heureux augure.

La nuit arriva, — une nuit noire, sans un souffle

de vent, après une journée qui avait été chaude sous cette basse latitude d'Antékirtta.

Mme Bathory, accompagnée de Maria et de Borik, quitta le Stadthaus vers huit heures et demie. Le docteur, un peu en arrière, la suivait avec Luigi et Pointe Pescade.

Toute la petite colonie était dans une anxieuse attente de l'effet qui allait peut-être se produire. Quelques torches, allumées sous les grands arbres, projetaient une lueur fuligineuse aux abords de la chapelle. Au loin, à intervalles réguliers, la cloche de l'église d'Artenak sonnait comme pour un glas d'enterrement.

Seul, Pierre Bathory manquait à ce cortège, qui s'avançait lentement à travers la campagne. Mais, s'il l'avait devancé, c'était pour n'apparaître qu'au dénouement de cette suprême épreuve.

Il était environ neuf heures, lorsque Mme Bathory arriva au cimetière. Soudain, elle abandonna le bras de Maria Ferrato et s'avança vers la petite chapelle.

On la laissa librement agir sous l'empire du nouveau sentiment qui semblait la dominer toute entière.

Au milieu d'un profond silence, interrompu seulement par les tintements de la cloche, Mme Ba-

13.

thory s'arrêta et demeura immobile. Puis, après s'être agenouillée sur la première marche, elle se courba, et alors on l'entendit pleurer...

A ce moment, la grille de la chapelle s'ouvrit lentement. Couvert d'un linceul blanc, comme s'il fût sorti de sa tombe, Pierre apparut en pleine lumière...

« Mon fils!... mon fils!... » s'écria Mme Bathory, qui tendit les bras et tomba sans connaissance.

Peu importait! Le souvenir et la pensée venaient de renaître en elle! La mère s'était révélée! Elle avait reconnu son fils!

Les soins du docteur l'eurent bientôt ranimée, et, lorsqu'elle eut repris connaissance, lorsque ses yeux rencontrèrent ceux de son fils :

« Vivant!... mon Pierre... Vivant!... s'écria-t-elle.

— Oui!... vivant pour toi, ma mère, vivant pour t'aimer...

— Et pour l'aimer... elle aussi!

— Elle ?...

— Elle!... Sava !...

— Sava Toronthal?... s'écria le docteur.

— Non!... Sava Sandorf! »

Et Mme Bathory, prenant dans sa poche une lettre froissée qui contenait les dernières lignes écrites de la main de Mme Toronthal mourante, la tendit au docteur.

Ces lignes ne pouvaient laisser aucun doute sur la naissance de Sava!... Sava était l'enfant qui avait été enlevée du château d'Artenak!... Sava était la fille du comte Mathias Sandorf!

FIN DE LA QUATRIÈME PARTIE.

CINQUIÈME PARTIE

I

UNE POIGNÉE DE MAIN DE CAP MATIFOU.

Si le comte Mathias on le sait, avait voulu rester le docteur Antékirtt, sinon pour Pierre, du moins pour tout le personnel de la colonie, c'est qu'il entrait dans ses desseins de demeurer tel jusqu'à l'entier accomplissement de son œuvre. Aussi, lorsque le nom de sa fille fut tout à coup jeté par Mme Bathory, eut-il assez d'empire sur lui-même pour dominer son émotion. Cependant son cœur avait un instant cessé de battre, et, moins maître de lui, il fût tombé sur le seuil de la chapelle, comme s'il eût été frappé d'un coup de foudre.

Ainsi sa fille était vivante! Ainsi elle aimait Pierre et elle en était aimée! Et c'était lui, Mathias Sandorf, qui avait tout fait pour empêcher cette union! Et ce secret, qui lui rendait Sava, n'aurait jamais été découvert, si Mme Bathory n'eût pas recouvré la raison comme par miracle!

Mais que s'était-il donc passé, quinze ans avant, au château d'Artenak? On ne le savait que trop maintenant! Cette enfant, restée seule héritière des biens du comte Mathias Sandorf, cette enfant, dont la mort n'avait jamais pu être constatée, avait été enlevée puis remise entre les mains de Silas Toronthal. Et, peu de temps après, lorsque le banquier fut venu se fixer à Raguse, Mme Toronthal avait dû élever Sava Sandorf comme sa fille.

Telle avait été la machination conçue par Sarcany, exécutée par Namir, sa complice. Sarcany n'ignorait pas que Sava devait être mise en possession d'une fortune considérable à l'âge de dix-huit ans, et, lorsqu'elle serait sa femme, il saurait bien la faire reconnaître pour l'héritière des Sandorf. Ce serait le couronnement de son abominable existence. Il deviendrait le maître des domaines d'Artenak.

Ce plan odieux avait-il échoué jusqu'alors? Oui, sans aucun doute. Si le mariage eût été accompli,

Sarcany se serait déjà hâté d'en tirer tous ses avantages.

Et maintenant, quels regrets dut éprouver le docteur Antékirtt! N'était-ce pas lui qui avait provoqué ce déplorable enchaînement de faits, d'abord en refusant son concours à Pierre, puis, en laissant Sarcany poursuivre ses projets, alors qu'il eût pu, lors de leur rencontre à Cattaro, le mettre hors d'état de nuire, enfin, en ne rendant pas à Mme Bathory ce fils qu'il venait d'arracher à la mort? En effet, que de malheurs eussent été évités si Pierre se fût trouvé près de sa mère, lorsque la lettre de Mme Toronthal était arrivée à la maison de la rue Marinella! Sachant que Sava était la fille du comte Sandorf, est-ce que Pierre n'aurait pas su la soustraire aux violences de Sarcany et de Silas Toronthal?

A présent, où était Sava Sandorf? Au pouvoir de Sarcany, certainement! Mais en quel lieu la cachait-il? Comment la lui arracher? Et pourtant, dans quelques semaines, la fille du comte Sandorf aurait atteint sa dix-huitième année, — limite fixée pour qu'elle n'eût pas perdu sa qualité d'héritière, — et cette circonstance devait pousser Sarcany aux dernières extrémités pour l'obliger à consentir à cet odieux mariage!

En un instant, toute cette succession de faits avait traversé l'esprit du docteur Antékirtt. Après s'être reconstitué ce passé, comme Mme Bathory et Pierre venaient de le faire eux-mêmes, il sentait les reproches, non mérités sans doute, que la femme et le fils d'Étienne Bathory pouvaient être tentés de lui adresser! Et cependant, les choses étant ce qu'il les avait crues, aurait-il pu accepter un pareil rapprochement entre Pierre et celle qui, pour tous et pour lui-même, s'appelait Sava Toron-thal?

Maintenant, il fallait à tout prix retrouver Sava, sa fille, — dont le nom, joint à celui de la comtesse Réna, sa femme, avait été donné à la goëlette *Sava-rèna*, comme celui de Ferrato au steam-yacht! Mais il n'y avait pas un jour à perdre.

Déjà Mme Bathory avait été reconduite au Stad-thaus, lorsque le docteur, accompagné de Pierre, qui se laissait aller à des alternatives de joie et de désespoir, y rentra, sans avoir prononcé une parole.

Très affaiblie par la violente réaction dont les effets venaient de se produire en elle, mais guérie, bien guérie, Mme Bathory était assise dans sa cham-bre, quand le docteur et son fils vinrent l'y re-trouver.

Maria, comprenant qu'il convenait de les laisser seuls, se retira dans la grande salle du Stadthaus.

Le docteur Antékirtt s'approcha alors, et, la main appuyée sur l'épaule de Pierre :

« Madame Bathory, dit-il, j'avais déjà fait mon fils du vôtre! Mais, ce qu'il n'était encore que par l'amitié, je ferai tout pour qu'il le devienne par l'amour paternel, en épousant Sava... ma fille...

— Votre fille?... s'écria Mme Bathory.

— Je suis le comte Mathias Sandorf! »

Mme Bathory se releva soudain, étendit les mains, et retomba dans les bras de son fils. Mais, si elle ne pouvait parler, elle pouvait entendre. En quelques mots, Pierre lui apprit tout ce qu'elle ignorait, comment le comte Mathias Sandorf avait été sauvé par le dévouement du pêcheur Andréa Ferrato, pourquoi, pendant quinze ans, il avait voulu passer pour mort, comment il avait reparu à Raguse sous le nom du docteur Antékirtt. Il raconta ce qu'a-vaient fait Sarcany et Silas Toronthal dans le but de livrer les conspirateurs de Trieste, puis la trahison de Carpena, dont Ladislas Zathmar et son père avaient été victimes, enfin, comment le docteur l'avait ar-raché vivant au cimetière de Raguse pour l'associer à l'œuvre de justice qu'il voulait accomplir. Il acheva son récit en disant que deux de ces misérables, le

14

banquier Silas Toronthal et l'Espagnol Carpena, étaient déjà en leur pouvoir, mais que le troisième, Sarcany, manquait encore, ce Sarcany, qui prétendait faire sa femme de Sava Sandorf!

Pendant une heure, le docteur, Mme Bathory et son fils, que l'avenir allait maintenant confondre dans une si étroite affection, reprirent par le détail les faits relatifs à la malheureuse jeune fille. Évidemment, Sarcany ne reculerait devant rien pour obliger Sava à ce mariage, qui devait lui assurer la fortune du comte Sandorf. Ils envisagèrent plus particulièrement cette situation. Mais, si ces projets étaient maintenant déjoués pour le passé, ils n'en étaient que plus redoutables pour le présent. Donc, avant tout, retrouver Sava, dût-on remuer ciel et terre!

Il fut convenu, tout d'abord, que Mme Bathory et Pierre resteraient seuls à savoir que le comte Mathias Sandorf se cachait sous le nom du docteur Antékirtt. Dévoiler ce secret, c'eût été dire que Sava était sa fille, et, dans l'intérêt des nouvelles recherches qui allaient être entreprises, il importait qu'il fût gardé.

« Mais où est Sava?... Où la chercher?... Où la reprendre? demanda Mme Bathory.

— Nous le saurons, répondit Pierre, chez qui le

désespoir avait fait place à une énergie qui ne devait plus faiblir.

— Oui!... nous le saurons! dit le docteur, et, en admettant que Silas Toronthal ne sache pas en quel lieu s'est réfugié Sarcany, du moins ne peut-il ignorer où ce misérable retient ma fille...

— Et s'il le sait, il faut qu'il le dise! s'écria Pierre.

— Oui!... il faut qu'il parle! répondit le docteur.

— A l'instant!

— A l'instant! »

Le docteur Antékirtt, Mme Bathory et Pierre n'auraient pu plus longtemps rester dans une telle incertitude!

Luigi, qui était avec Pointe Pescade et Cap Matifou dans la grande salle du Stadthaus, où Maria les avait rejoints, fut aussitôt mandé. Il reçut l'ordre de se faire accompagner par Cap Matifou jusqu'au fortin et d'amener Silas Toronthal.

Un quart d'heure après, le banquier quittait la casemate qui lui servait de prison, le poignet serré dans la large main de Cap Matifou, et il suivait la grande rue d'Artenak. Luigi, auquel il avait demandé où on le conduisait, n'avait rien voulu répondre. De là, une inquiétude d'autant plus vive que le banquier ignorait toujours au pouvoir de quel puissant personnage il se trouvait depuis son arrestation.

Silas Toronthal entra dans le hall. Il était précédé de Luigi, et toujours tenu par Cap Matifou. S'il aperçut tout d'abord Pointe Pescade, il ne vit ni Mme Bathory ni son fils, qui s'étaient retirés à l'écart. Soudain, il se trouva en présence du docteur, avec lequel il avait vainement essayé d'entrer en relation lors de son passage à Raguse.

« Vous!... vous! » s'écria-t-il.

Puis, se remettant, non sans effort :

« Ah! dit-il, c'est le docteur Antékirtt qui m'a fait arrêter sur le territoire français!... C'est lui qui me retient prisonnier contre tout droit....

— Mais non contre toute justice! répondit le docteur.

— Et que vous ai-je fait? demanda le banquier, auquel la présence du docteur venait évidemment de rendre quelque confiance. Oui!... Que vous ai-je fait?

— A moi?... Vous allez le savoir, répondit le docteur Mais auparavant, Silas Toronthal, demandez ce que vous avez fait à cette malheureuse femme...

— Madame Bathory! s'écria le banquier, en reculant devant la veuve qui venait de s'avancer vers lui.

— Et à son fils! ajouta le docteur.

— Pierre!... Pierre Bathory! » balbutia Silas Toronthal.

Et il fût certainement tombé, si Cap Matifou ne
l'eût irrésistiblement maintenu debout à cette place.

Ainsi, Pierre Bathory qu'il croyait mort, Pierre
dont il avait vu passer le convoi, Pierre qu'on avait
enseveli dans le cimetière de Raguse, Pierre était
là, devant lui, comme un spectre sorti de sa tombe!
En sa présence, Silas Toronthal fut épouvanté. Il
commença à comprendre qu'il ne pourrait échapper
au châtiment de ses crimes... Il se sentit perdu.

« Où est Sava? demanda brusquement le docteur.

— Ma fille?...

— Sava n'est pas votre fille!... Sava est la fille
du comte Mathias Sandorf, que Sarcany et vous avez
envoyé à la mort, après l'avoir lâchement dénoncé
avec ses deux compagnons, Étienne Bathory et
Ladislas Zathmar! »

Devant cette accusation si formelle, le banquier
fut anéanti. Non seulement le docteur Antékirtt
savait que Sava n'était pas sa fille, mais il savait
qu'elle était la fille du comte Mathias Sandorf! Il
savait comment et par qui avaient été trahis les
conspirateurs de Trieste! Tout cet odieux passé se
relevait contre Silas Toronthal.

14.

« Où est Sava? reprit le docteur, qui ne se contenait plus que par un violent effort de sa volonté. Où est Sava, que Sarcany, votre complice en tous ces crimes, a fait enlever il y a quinze ans du château d'Artenak?... Où est Sava, que ce misérable retient en un lieu que vous connaissez... que vous devez connaître, pour lui arracher son consentement à un mariage qui lui fait horreur!... Pour la dernière fois, où est Sava? »

Si effrayante que fût l'attitude du docteur, si menaçante qu'eût été sa parole, Silas Toronthal ne répondit pas. Il avait compris que la situation actuelle de la jeune fille pouvait lui servir de sauvegarde. Il sentait que sa vie serait respectée, tant qu'il n'aurait pas livré ce dernier secret.

« Écoutez, reprit le docteur, qui parvint à reprendre son sang-froid, écoutez-moi, Silas Toronthal! Peut-être croyez-vous devoir ménager votre complice! Peut-être, en parlant, craignez-vous de le compromettre! Eh bien, sachez ceci : Sarcany, afin de s'assurer votre silence, après vous avoir ruiné, Sarcany, a tenté de vous assassiner comme il avait assassiné Pierre Bathory à Raguse!... Oui!... Au moment où mes agents se sont emparés de vous sur la route de Nice, il allait vous frapper!... Et maintenant, persisterez-vous à vous taire? »

Silas Toronthal, s'entêtant dans cette idée que son silence obligerait à composer avec lui, ne répondit pas.

« Où est Sava?... où est Sava?... reprit le docteur, qui se laissait emporter, cette fois.

— Je ne sais!... Je ne sais!... » répondit Silas Toronthal, résolu à garder son secret.

Soudain il poussa un cri, et, se tordant sous la douleur, il essaya vainement de repousser Cap Matifou.

« Grâce!... Grâce! » criait-il.

C'est que Cap Matifou, inconsciemment peut-être, lui écrasait la main dans la sienne.

« Grâce! » répéta-t-il.

— Parlerez-vous?...

— Oui... oui!... Sava... Sava... dit Silas Toronthal, qui ne pouvait plus répondre que par mots entrecoupés, Sava... dans la maison de Namir... l'espionne de Sarcany... à Tétuan! »

Cap Matifou venait de lâcher le bras de Silas Toronthal, et ce bras retomba inerte.

« Reconduisez le prisonnier! dit le docteur. Nous savons ce que nous voulions savoir! »

Et Luigi, entraînant Silas Toronthal hors du Stadthaus, le ramena à la casemate.

Sava à Tétuan! Ainsi, lorsque le docteur Antékirtt et Pierre Bathory, il y a moins de deux mois, arrivaient à Ceuta pour arracher l'Espagnol au pré-side, quelques milles seulement les séparaient du lieu où la Marocaine détenait la jeune fille !

« Cette nuit même, Pierre, nous partirons pour Tétuan ! » dit simplement le docteur.

A cette époque, le chemin de fer n'allait pas di-rectement de Tunis à la frontière du Maroc. Aussi, afin d'arriver à Tétuan dans le moins de temps pos-sible, ce qu'il y avait de mieux à faire, c'était de s'embarquer sur l'un des plus rapides engins de la flottille d'Antékirtta.

Avant minuit, l'*Electric* 2 avait appareillé et se lançait à travers la mer des Syrtes.

A bord, le docteur, Pierre, Luigi, Pointe Pescade, Cap Matifou seulement. Pierre était connu de Sar-cany. Les autres, non. Lorsqu'on serait arrivé à Tétuan, on aviserait. Conviendrait-il d'agir plutôt par la ruse que par la force? Cela dépendrait de la situation de Sarcany au milieu de cette ville, absolument marocaine, de son installation dans la maison de Namir, du personnel dont il disposait. Avant tout, arriver à Tétuan!

Du fond des Syrtes à la frontière du Maroc, on compte environ deux mille cinq cents kilomètres, — soit près de treize cent cinquante milles marins.

Or, à toute vitesse, l'*Electric* 2 pouvait faire près de vingt-sept milles à l'heure. Combien de trains de chemins de fer n'ont pas cette rapidité! Donc, à ce long fuseau d'acier, qui ne donnait aucune prise au vent, qui passait à travers la houle, qui ne s'inquiétait pas des coups de mer, il ne fallait pas cinquante heures pour arriver à destination.

Le lendemain, avant le jour, l'*Electric* 2 avait doublé le Cap Bon. Depuis ce point, après avoir passé à l'ouvert du golfe de Tunis, il ne lui fallut que quelques heures pour perdre de vue la pointe de Bizerte. La Calle, Bône, le Cap de Fer, dont la masse métallique, dit-on, trouble l'aiguille des boussoles, la côte de l'Algérie, Stora, Bougie, Dellys, Alger, Cherchell, Mostaganem, Oran, Nemours, puis, les rivages du Rif, la pointe de Mellila, qui est espagnole comme Ceuta, le cap Tres-Forcas, à partir duquel le continent s'arrondit jusqu'au cap Negro, — tout ce panorama du littoral africain se déroula pendant les journées du 20 et du 21 novembre, sans un incident, sans un accident. Jamais la machine, actionnée par les courants de ses accumulateurs, n'avait donné un pareil rendement. Si l'*Electric* fut aperçu, tantôt au long des côtes, tantôt au large des golfes qu'il coupait de cap en cap, les sémaphores durent croire à l'apparition d'un navire phénoménal ou peut-être d'un cétacé d'une puissance extraordinaire, qu'aucun steamer n'eût pu atteindre à la surface des eaux méditerranéennes.

Vers huit heures du soir, le docteur Antékirtt, Pierre, Luigi, Pointe Pescade et Cap Matifou débarquaient à l'embouchure de la petite rivière de Tétuan, dans laquelle vint mouiller leur rapide embarcation. A cent pas de la rive, au milieu d'une sorte de petit caravansérail, ils trouvèrent des mules et un guide arabe qui offrit de les conduire à la ville, éloignée de quatre milles au plus. Le prix demandé fut accepté sans conteste, et la petite troupe partit aussitôt.

En cette partie du Rif, les Européens n'ont rien à craindre de la population indigène, ni même des nomades qui courent le pays. Contrée peu habitée, d'ailleurs, et presque sans culture. La route se développe à travers une plaine, semée de maigres arbustes, — route plutôt faite par le pied des montures que par la main des hommes. D'un côté, la rivière, aux berges vaseuses, emplies du coassement des grenouilles et du sifflet des grillons, avec quelques barques de pêche, mouillées au milieu du courant ou tirées au sec. De l'autre côté, sur la droite, un profil de collines pelées, qui vont se joindre aux massifs montagneux du sud.

La nuit était magnifique. De la lune, à inonder de lumière toute la campagne. Réverbérée par le miroir de la rivière, elle rendait un peu mou le dessin des hauteurs à l'horizon du nord. Au loin, blanchissait la ville de Tétuan, — une tache éclatante dans les basses brumes du fond.

L'Arabe menait bon train sa petite troupe. Deux ou trois fois, il fallut s'arrêter devant des postes isolés, dont la fenêtre, sur la partie non éclairée par la lune, lançait une lueur jaunâtre à travers l'ombre. Alors sortaient un ou deux Marocains, balançant une lanterne blafarde, qui venaient conférer avec le guide. Puis, après avoir échangé quelques mots de reconnaissance, on se remettait en route.

Le docteur ni ses compagnons ne parlaient. Absorbés dans leurs pensées, ils laissaient aller les mules, habituées à ce chemin de la plaine, çà et là raviné, jonché de cailloux ou embarrassé de racines qu'elles évitaient d'un pied sûr. La plus solide de ces vigoureuses bêtes, cependant, restait quelquefois en arrière. Il n'aurait pas fallu la mésestimer pour cela : elle portait Cap Matifou.

Ce qui amenait Pointe Pescade à faire cette réflexion :

« Peut-être eût-il été préférable que Cap Matifou

portât la mule, au lieu que la mule portât Cap Matifou ! »

Vers neuf heures et demie, l'Arabe s'arrêtait devant un grand mur blanc, surmonté de tours et de créneaux, qui défend la ville de ce côté. Dans ce mur s'ouvrait une porte basse, enjolivée d'arabesques à la mode marocaine. Au-dessus, à travers de nombreuses embrasures, s'allongeaient des gueules de canons, semblables à de gros caïmans, nonchalamment endormis au clair de lune.

La porte était fermée. Il fallut parlementer pour la faire ouvrir, l'argent à la main. Puis, tous s'enfoncèrent à travers des rues sinueuses, étroites, la plupart voûtées, avec d'autres portes, bardées de ferrures, qui furent successivement ouvertes par les mêmes moyens.

Enfin, un quart d'heure après, le docteur et ses compagnons arrivèrent à une auberge, une « fonda » — la seule de l'endroit — tenue par une Juive et servie par une fille borgne.

Le manque de confort de cette fonda, dont les modestes chambres étaient disposées autour d'une cour intérieure, s'expliquera par le peu d'étrangers qui s'aventurent jusqu'à Tétuan. Il ne s'y trouve même qu'un seul représentant des puissances européennes, le consul d'Espagne, perdu au milieu d'une population de quelques milliers d'habitants, parmi lesquels domine l'élément indigène.

Quelque désir qu'eût le docteur Antékirtt de demander où était la maison de Namir et de s'y faire conduire à l'instant, il y résista. Il importait d'agir avec une extrême prudence. Un enlèvement pouvait présenter des difficultés sérieuses dans les conditions où devait se trouver Sava. Toutes les raisons pour et contre avaient été sérieusement examinées. Peut-être y aurait-il même lieu de racheter à n'importe quel prix la liberté de la jeune fille? Mais il fallait que le docteur et Pierre se gardassent bien de se faire connaître, — surtout de Sarcany, qui était peut-être à Tétuan. Entre ses mains, Sava devenait, pour l'avenir, une garantie dont il ne se dessaisirait pas facilement. Or, on n'était pas ici dans un de ces pays civilisés de l'Europe, où la justice et la police eussent pu utilement intervenir. En cette contrée à esclaves, comment prouver que Sava n'était pas la légitime propriété de la Marocaine? Comment prouver qu'elle était la fille du comte Sandorf, en dehors de la lettre de Mme Toronthal et de l'aveu du banquier? Elles sont soigneusement fermées, peu abordables, ces maisons des villes arabes! On n'y peut pénétrer facilement. L'intervention d'un cadi risquait même d'être inefficace, en admettant qu'elle fût obtenue.

15

Il avait donc été décidé que, tout d'abord, et de manière à éloigner le moindre soupçon, la maison de Namir serait l'objet de la plus minutieuse surveillance. Dès le matin, Pointe Pescade irait aux informations avec Luigi, qui, pendant son séjour dans cette île cosmopolite de Malte, avait appris un peu d'arabe. Tous deux chercheraient à savoir en quel quartier, en quelle rue demeurait cette Namir, dont le nom devait être connu. Puis, on agirait en conséquence.

En attendant, l'*Electric* 2 s'était caché dans une des étroites criques du littoral, à l'entrée de la rivière de Tétuan, et il devait être prêt à partir au premier signal.

Cette nuit, dont les heures furent si longues pour le docteur et Pierre Bathory, se passa ainsi dans la fonda. Quant à Pointe Pescade et à Cap Matifou, s'ils avaient jamais eu la fantaisie de coucher sur des lits incrustés de faïences, ils furent satisfaits.

Le lendemain, Luigi et Pointe Pescade commencèrent par se rendre au bazar, dans lequel affluait déjà une partie de la population tétuanaise. Pointe Pescade connaissait Namir qu'il avait vingt fois remarquée dans les rues de Raguse, lorsqu'elle faisait le service d'espionne pour le compte de Sar-

cany. Il pouvait donc se faire qu'il la rencontrât ;
mais, comme il n'était pas connu d'elle, cela ne
présentait aucun inconvénient. Dans ce cas, il n'y
aurait qu'à la suivre.

Le principal bazar de Tétuan est un ensemble de
hangars, d'appentis, de bicoques, basses, étroites,
sordides en de certains points, que desservent des
allées humides. Quelques toiles, diversement colo-
rées, tendues sur des cordes, le protègent contre les
ardeurs du soleil. Partout, de sombres boutiques où
se débitent des étoffes de soie brodées, des pas-
sementeries hautes en couleurs, des babouches,
des aumônières, des burnous, des poteries, des
bijoux, colliers, bracelets, bagues, toute une fer-
ronnerie de cuivre, lustres, brûle-parfums, lan-
ternes, — en un mot, ce qui se trouve couramment
dans les magasins spéciaux des grandes villes de
l'Europe.

Il y avait déjà foule. On profitait de la fraîcheur
du matin. Mauresques, voilées jusqu'aux yeux,
Juives, à visage découvert, Arabes, Kabyles, Marocains, allant et venant dans ce bazar, y coudoyaient
un certain nombre d'étrangers. La présence de
Luigi Ferrato et de Pointe Pescade ne devait pas
autrement attirer l'attention.

Pendant une heure, à travers ce monde bigarré,

tous deux cherchèrent s'ils rencontreraient Namir. Ce fut en vain. La Marocaine ne se montra point, Sarcany pas davantage.

Luigi voulut alors interroger quelques-uns de ces jeunes garçons, à demi nus, — produits hybrides de toutes les races africaines dont le mélange s'opère depuis le Rif jusqu'aux limites du Sahara, — qui grouillent dans les bazars marocains.

Les premiers auxquels il s'adressa ne purent répondre à ses demandes. Enfin l'un d'eux, un Kabyle d'une douzaine d'années, à figure de gamin de Paris, assura qu'il connaissait la demeure de la Marocaine, et il offrit, moyennant quelques menues pièces de monnaie, d'y conduire les deux Européens.

L'offre acceptée, tous trois s'engagèrent à travers les rues enchevêtrées qui rayonnent vers les fortifications de la ville. En dix minutes, ils eurent atteint un quartier presque désert, dont les maisons basses étaient clair-semées, sans une fenêtre à l'extérieur.

Pendant ce temps, le docteur et Pierre Bathory attendaient avec une impatience fiévreuse le retour de Luigi et de Pointe Pescade. Vingt fois ils furent tentés de sortir, d'aller faire eux-mêmes ces recherches. Mais tous deux étaient connus de Sarcany et de la Marocaine. C'eût été peut-être tout risquer au cas d'une rencontre qui aurait donné l'éveil et permis de se mettre hors de leurs atteintes. Ils restèrent donc en proie aux plus vives inquiétudes. Il était neuf heures, quand Luigi et Pointe Pescade rentrèrent à la fonda.

Leur visage attristé ne disait que trop qu'ils apportaient de mauvaises nouvelles.

En effet, Sarcany et Namir, accompagnés d'une jeune fille que personne ne connaissait, avaient quitté Tétuan depuis cinq semaines, laissant la maison à la garde d'une vieille femme.

Le docteur et Pierre ne pouvaient s'attendre à ce dernier coup : ils furent atterrés.

« Et pourtant, ce départ ne s'explique que trop! fit observer Luigi. Sarcany ne devait-il pas craindre que Silas Toronthal, par vengeance ou pour tout autre motif, ne révélât le lieu de sa retraite? »

Tant qu'il ne s'était agi que de poursuivre des traîtres, le docteur Antékirtt n'avait jamais désespéré d'accomplir son œuvre. Mais, maintenant, c'était sa fille qu'il fallait arracher des mains de Sarcany, et il ne se sentait plus la même confiance!

Cependant Pierre et lui furent d'accord pour aller immédiatement visiter la maison de Namir.

15.

Peut-être y retrouveraient-ils plus que le souvenir
de Sava? Peut-être quelque indice leur révélerait-
il ce qu'elle était devenue? Peut-être aussi la vieille
Juive, à laquelle était confiée la garde de cette
maison, pourrait-elle leur donner ou plutôt leur
vendre des indications utiles à leurs recherches.

Luigi les y conduisit aussitôt. Le docteur, qui
parlait l'arabe comme s'il fût né au désert, se donna
pour un ami de Sarcany. Il ne faisait que passer à
Tétuan, disait-il, il aurait été heureux de le voir,
et il demanda à visiter son habitation.

La vieille fit d'abord quelques difficultés; mais
une poignée de sequins eut pour effet de la rendre
plus obligeante. Et, tout d'abord, elle ne refusa
pas de répondre aux questions que le docteur lui
fit avec l'apparence du plus vif intérêt pour son
maître.

La jeune fille, qui avait été amenée par la Marocaine, devait devenir la femme de Sarcany. Cela
était décidé de longue date, et, très probablement,
le mariage se fût fait à Tétuan, sans ce départ
précipité. Cette jeune fille, depuis son arrivée, c'est-
à-dire depuis trois mois environ, n'était jamais
sortie de la maison. On la disait bien d'origine
arabe, mais la Juive pensait qu'elle devait être Eu-
ropéenne. Toutefois, elle ne l'avait vue que fort peu,

si ce n'est pendant une absence de la Marocaine, et elle n'en pouvait rien apprendre de plus.

Quant à dire en quel pays Sarcany les avait entraînées toutes deux, cette vieille femme ne l'aurait pu. Tout ce qu'elle savait, c'est qu'ils étaient partis, depuis cinq semaines environ, avec une caravane qui se dirigeait vers l'est. Depuis ce jour, la maison était restée sous sa surveillance, et elle devait la garder jusqu'au moment où Sarcany aurait trouvé à la vendre, — ce qui indiquait son intention de ne plus revenir à Tétuan.

Le docteur écoutait froidement ces réponses, et, au fur et à mesure, il les traduisait à Pierre Bathory.

En somme, ce qui était certain, c'est que Sarcany n'avait pas jugé à propos de s'embarquer sur un des paquebots qui font escale à Tanger, ni de prendre le chemin de fer dont la tête de ligne se trouve à la gare d'Oran. Aussi s'était-il joint à une caravane, qui venait de quitter Tétuan pour aller... Où?... Était-ce vers quelque oasis du désert, ou plus loin, au milieu de ces territoires à demi sauvages, où Sava serait entièrement à sa merci? Comment le savoir? Sur les routes de l'Afrique septentrionale, il n'est guère plus facile de retrouver les traces d'une caravane que celles d'un simple particulier!

Aussi le docteur insista-t-il près de la vieille Juive. Il avait reçu d'importantes nouvelles qui intéressaient Sarcany, répétait-il, et, précisément, à propos de cette maison dont il voulait se défaire. Mais, quoi qu'il fît, il ne put obtenir aucun autre renseignement. Très évidemment, cette femme ne savait rien de la nouvelle retraite où Sarcany s'était enfui pour précipiter le dénouement de ce drame.

Le docteur, Pierre, Luigi demandèrent alors à visiter l'habitation, disposée suivant la mode arabe, et dont les diverses chambres prenaient jour sur un patio, entouré d'une galerie rectangulaire.

Ils arrivèrent bientôt à la chambre que Sava avait occupée, — une véritable cellule de prison. Là, que d'heures la malheureuse jeune fille avait dû passer en proie au désespoir, ne pouvant plus compter sur aucun secours! Le docteur et Pierre fouillaient cette chambre du regard, sans prononcer une parole, cherchant le moindre indice qui eût pu les mettre sur les traces qu'ils cherchaient.

Soudain le docteur s'approcha vivement d'un petit brasero de cuivre que supportait un trépied dans un coin de la chambre. Au fond de ce brasero tremblotaient quelques restes de papier, détruits par la flamme, mais dont l'incinération n'avait pas été complète.

Sava avait-elle donc écrit? Puis, surprise par ce départ précipité, s'était-elle décidée à brûler cette lettre avant de quitter Tétuan? Ou même, — ce qui était possible, — cette lettre, trouvée sur Sava, n'avait-elle pas été anéantie par Sarcany ou Namir?

Pierre avait suivi les regards du docteur, qui était penché au-dessus du brasero. Qu'y avait-il donc?

Sur ces restes de papier qu'un souffle pouvait réduire en cendres, quelques mots se détachaient en noir, — entre autres ceux-ci, malheureusement incomplets : « Mad... Bath... »

Sava, ne sachant pas, ne pouvant savoir que Mᵐᵉ Bathory eût disparu de Raguse, avait-elle tenté de lui écrire comme à la seule personne en ce monde dont elle pût réclamer l'assistance?

Puis, à la suite du nom de Mᵐᵉ Bathory, on pouvait aussi déchiffrer un autre nom — celui de son fils...

Pierre, retenant son haleine, essayait de retrouver quelque mot qui fût lisible encore!... Mais son regard s'était troublé!... Il ne voyait plus!...

Et cependant, il y avait encore un mot qui pouvait mettre sur les traces de la jeune fille, — un mot que le docteur parvint à retrouver presque intact...

« Tripolitaine ! » s'écria-t-il.

Ainsi, c'était dans la Régence de Tripoli, son pays d'origine, où il devait trouver une sécurité absolue, que Sarcany avait été chercher refuge ! C'était vers cette province que se dirigeait la caravane dont il suivait l'itinéraire depuis cinq semaines !...

« A Tripoli ! » dit le docteur.

Le soir même, tous avaient repris la mer. Si Sarcany ne pouvait tarder à atteindre la capitale de la Régence, du moins espéraient-ils n'y arriver que peu de jours après lui.

II

LA FÊTE DES CIGOGNES.

Le 23 novembre, la plaine de Soung-Ettelâtè, qui s'étend en dehors des murailles de Tripoli, offrait un curieux aspect. Si cette plaine est aride ou fertile, qui l'eût pu dire ce jour-là? A sa surface, des tentes multicolores, empanachées de houppes et pavoisées de pavillons aux criardes couleurs; des gourbis d'aspect misérable, dont les toiles passées et rapiécées ne devaient que très insuffisamment protéger leurs hôtes contre l'aigre bise du « gibly », vent sec soufflant du sud; çà et là, des groupes de chevaux, garnis du riche harnachement oriental, des méharis allongeant sur le sable leur tête plate, semblable à une outre à moitié vide, de petits ânes gros comme de grands chiens, de grands chiens gros comme de petits ânes, des mules, portant l'énorme selle arabe dont le troussequin et le pommeau s'arrondissent comme les bosses du chameau ; puis, des cavaliers, le fusil en travers du dos, les genoux à la hauteur de la poitrine, les pieds engagés dans des étriers en forme de babouches, le double sabre à la ceinture, galopant au milieu d'une foule d'hommes, de femmes, d'enfants, sans s'inquiéter de ce qu'ils pouvaient écraser à leur passage ; enfin, des indigènes, presque uniformément vêtus du « haouly » barbaresque, sous lequel on ne saurait distinguer une femme d'un homme, si les hommes ne rattachaient pas les plis de cette couverture à leur poitrine au moyen d'un clou de cuivre, tandis que les femmes en font retomber le pan supérieur sur leur figure, de façon à n'y voir que de l'œil gauche, — costume qui varie suivant les classes, — pour les pauvres le simple manteau de laine sous lequel ils sont nus, pour les gens aisés la veste et la culotte large des Arabes, pour les riches de splendides ajustements, quadrillés de couleurs blanches et bleues, sur un second haouly de gaze, où le luisant de la soie se mêle au mat de la laine par-dessus la chemise pailletée d'or.

Les Tripolitains étaient-ils donc seuls à s'entasser sur cette plaine ? Non. Aux abords de la capitale

se pressaient des marchands de Ghadamès et de
Sokna avec l'escorte de leurs esclaves noirs ; puis,
des Juifs et des Juives de la province, celles-ci,
le visage découvert, grasses comme il convient
au pays, et « encaleçonnées » de façon peu gra-
cieuse ; puis, des nègres, venus d'un village voisin,
après avoir quitté leurs misérables cabanes de joncs
et de palmes, pour assister à cette réjouissance publique, — moins riches de linge que de bijoux, gros-
siers bracelets de cuivre, colliers de coquillages, « ri-
vières » de dents de bêtes, anneaux d'argent aux
lobes des oreilles et au cartilage du nez ; puis, des
Benouliès, des Awâguirs, originaires des rivages de
la grande Syrte, auxquels le dattier de leur pays
fournit le vin, les fruits, le pain et les confitures.
Enfin, au milieu de cette agglomération de Maures.
de Berbères, de Turcs, de Bédouins et même de
« Mouçafirs », qui sont les Européens, paradaient
des pachas, des cheiks, des cadis, des caïds, tous
seigneurs de l'endroit, fendant la foule des râayas,
qui s'ouvrait humblement et prudemment devant le
sabre nu des soldats ou le bâton de police des
zaptiès, lorsque passait, dans son indifférence auguste, le gouverneur général de ce cyâlet africain,
de cette province de l'empire turc, dont l'administration relève du Sultan.

Si l'on compte plus de quinze cent mille habitants dans la Tripolitaine, avec six mille hommes de troupe, — un millier pour le Djébel et cinq cents pour la Cyrénaïque, — la ville de Tripoli, prise à part, n'a pas plus de vingt à vingt-cinq mille âmes. Mais, ce jour-là, on peut affirmer que cette population s'était au moins doublée par le concours des curieux, venus de tous les points du territoire. Ces « ruraux », il est vrai, n'avaient point cherché refuge dans la capitale de la Régence. Entre les murailles peu élastiques de l'enceinte fortifiée, ni les maisons que la mauvaise qualité de leurs matériaux change bientôt en ruines, ni les rues étroites, tortueuses, sans pavés, — on pourrait même dire sans ciel, — ni le quartier voisin du môle, où se trouvent les consulats, ni le quartier de l'ouest, où s'empile la tribu juive, ni ce qui reste de la ville pour les besoins de la race musulmane, n'auraient pu contenir une pareille invasion de populaire.

Mais la plaine de Soung-Ettelâtè était assez vaste pour la foule des spectateurs, accourus à cette fête des Cigognes, dont la légende est toujours en honneur dans les pays orientaux de l'Afrique. Cette plaine, — un morceau de Sahara, à sable jaune, que la mer envahit quelquefois par les grands vents d'est, — entoure la ville sur trois côtés et mesure environ un kilomètre de largeur. Par un contraste vivement accusé, à sa limite méridionale, se développe l'oasis de la Menchié, avec ses habitations à murs éclatants de blancheur, ses jardins arrosés par la noria de cuir que meut une vache maigre, ses bois d'orangers, de citronniers et de dattiers, ses massifs verdoyants d'arbustes et de fleurs, ses antilopes, ses gazelles, ses fennecs, ses flamants, vaste enclave dans laquelle se groupe une population dont le chiffre n'est pas inférieur à trente mille habitants. Puis, au delà, c'est le désert, qui, en aucun point de l'Afrique, ne se rapproche si près de la Méditerranée, le désert et ses dunes mouvantes, son immense tapis de sable, sur lequel, a dit le baron de Krafft, « le vent dessine des vagues aussi facilement que sur la mer, » océan lybien, auquel ne manquent même pas des brumes d'une poussière impalpable.

La Tripolitaine, — un territoire presque aussi grand que la France, — s'étend entre la régence de Tunis, l'Égypte et le Sahara sur trois cents kilomètres du littoral méditerranéen.

C'est dans cette province, l'une des moins connues de l'Afrique septentrionale, où l'on peut être le plus longtemps à l'abri de toutes recherches, que s'était réfugié Sarcany, après avoir quitté Tétuan. Originaire de la Tripolitaine, théâtre de ses premiers exploits, il ne faisait que revenir à son pays natal. Affilié d'ailleurs, on ne l'a pas oublié, à la plus redoutable secte de l'Afrique du nord, il devait trouver un secours efficace chez ces Senoûsistes, dont il n'avait jamais cessé d'être l'agent à l'étranger pour leurs acquisitions de munitions et d'armes. Aussi, en arrivant à Tripoli, avait-il pu s'établir dans la maison du moqaddem, Sidi Hazam, chef reconnu des sectaires du district.

Après l'enlèvement de Silas Toronthal sur la route de Nice, — enlèvement encore inexplicable pour lui, — Sarcany avait quitté Monte-Carlo. Quelques milliers de francs, prélevés sur ses derniers gains, et qu'il avait eu la précaution de ne pas risquer comme dernier enjeu, lui avaient permis de subvenir aux frais de son voyage et des éventualités auxquelles il lui fallut d'abord faire face. Il avait lieu de craindre, en effet, que Silas Toronthal, réduit au désespoir, ne fût poussé à se venger de lui, soit en parlant de son passé, soit en révélant la situation de Sava. Or le banquier n'ignorait pas que la jeune fille était à Tétuan, entre les mains de Namir. De là, cette résolution que prit Sarcany de quitter le Maroc dans le plus bref délai.

En réalité, c'était agir prudemment, puisque

Silas Toronthal ne devait pas tarder à dire en quel pays et en quelle ville la jeune fille était retenue sous la garde de la Marocaine.

Sarcany prit donc la résolution de se réfugier dans la Régence de Tripoli, où ne lui manqueraient ni les moyens d'action ni les moyens de défense. Mais, à s'y rendre, soit par les paquebots du littoral, soit par les chemins de fer de l'Algérie, — ainsi que l'avait bien compris le docteur, — il aurait couru trop de risques. Aussi préféra-t-il se joindre à une caravane de Senoûsistes, qui émigrait vers la Cyrénaïque, en se recrutant de nouveaux affiliés dans les principaux vilâyets du Maroc, de l'Algérie et de la province tunisienne. Cette caravane, qui devait franchir rapidement cinq cents lieues de parcours entre Tétuan et Tripoli, en suivant la limite septentrionale du désert, partit à la date du 12 octobre.

Et maintenant, Sava était entièrement à la merci de ses ravisseurs. Mais sa résolution n'en fut point ébranlée. Ni les menaces de Namir ni les colères de Sarcany ne devaient avoir prise sur elle.

Au départ de Tétuan, la caravane comptait déjà une cinquantaine d'affiliés ou de Khouâns, enrégimentés sous la direction d'un imâm qui l'avait organisée militairement. Il n'était pas question,

16.

d'ailleurs, de traverser les provinces soumises à la domination française, où ce passage eût pu soulever quelques difficultés.

Le continent africain, par la configuration littorale des territoires de l'Algérie et de la Tunisie, forme un arc jusqu'à la côte ouest de la grande Syrte qui redescend brusquement au sud. Il s'ensuit donc que la route la plus directe pour aller de Tétuan à Tripoli est celle que dessine la corde de cet arc, et elle ne remonte pas dans le nord plus haut que Laghouât, l'une des dernières villes françaises sur la frontière du Sahara.

La caravane, au sortir de l'empire marocain, longea d'abord la limite des riches provinces de cette Algérie qu'on a proposé d'appeler la « Nouvelle France, » et qui, en réalité, est bien la France elle-même, — plus que la Nouvelle-Calédonie, la Nouvelle-Hollande, la Nouvelle-Écosse, ne sont l'Écosse, la Hollande, et la Calédonie, puisque trente heures de mer à peine la séparent du territoire français.

Dans le Beni-Matan, dans l'Oulad-Nail, dans le Chârfat-El-Hâmel, la caravane s'accrut d'un certain nombre d'affiliés. Aussi son personnel se montait-il à plus de trois cents hommes, quand elle atteignit le littoral tunisien sur la limite de la Grande Syrte.

Elle n'avait plus alors qu'à suivre la côte, et, en recrutant de nouveaux Khouâns dans les divers villages de la province, elle arriva vers le 20 novembre à la frontière de la régence, après un voyage de six semaines.

Donc, au moment où allait être célébrée à grand fracas cette fête des Cigognes, Sarcany et Namir n'étaient que depuis trois jours les hôtes du moqaddem Sîdi Hazam, dont la demeure servait maintenant de prison à Sava Sandorf.

Cette habitation, dominée par un svelte minaret, avec ses murs blancs, percés de quelques meurtrières, ses terrasses crénelées, sans fenêtres à l'extérieur, sa porte étroite et basse, avait quelque peu l'aspect d'une petite forteresse. C'était, en réalité, une véritable zaouiya, située en dehors de la ville, à la lisière de la plaine de sable et des plantations de la Menchié, dont les jardins, défendus par une haute enceinte, empiétaient sur le domaine de l'oasis.

A l'intérieur, disposition habituelle aux demeures arabes, mais sur un dessin triple, c'est-à-dire qu'on y comptait trois cours ou patios. Autour de ces patios se développait un quadrilatère de galeries à colonnettes et à arcades, sur lesquelles s'ouvraient les diverses chambres de l'habitation, pour la plupart richement meublées. Au fond de la seconde cour, les visiteurs ou les hôtes du moqaddem trouvaient une vaste « skifa, » sorte de vestibule ou de hall, dans lequel s'était déjà tenue plus d'une conférence sous la direction de Sîdi Hazam.

Si cette habitation se défendait naturellement par ses hautes murailles, elle renfermait en outre un personnel nombreux qui pouvait concourir à sa sécurité, en cas d'attaque des barbaresques nomades, ou même de l'autorité tripolitaine, dont les efforts tendaient à contenir les Senoûsistes de la province. Il y avait là une cinquantaine d'affiliés, bien armés pour la défensive comme pour l'offensive.

Une seule porte donnait accès dans cette zaouiya ; mais cette porte, très épaisse et très solide sous ses ferrures, on ne l'eût pas aisément forcée, et, une fois forcée, on ne l'eût pas aisément franchie.

Sarcany avait donc trouvé chez le moqaddem un asile assuré. C'était là qu'il espérait mener sa tâche à bonne fin. Son mariage avec Sava devait lui donner une fortune très considérable encore, et, au besoin, il pouvait compter sur l'assistance de la confrérie, directement intéressée à son succès.

Quand aux affiliés, arrivés de Tétuan ou raccolés dans les vilâyets, ils s'étaient dispersés à travers l'oasis de Menchié, prêts à se réunir au premier signal. Cette fête des Cigognes, sans que la police tripolitaine pût s'en douter, allait précisément servir la cause du Senoûsisme. Là, sur la plaine du Soung-Ettelâtè, les Khouâns de l'Afrique septentrionale devaient prendre le mot d'ordre des moftis pour opérer leur concentration sur le territoire de la Cyrénaïque et en faire un véritable royaume de pirates sous la toute puissante autorité d'un calife.

Or, les circonstances étaient favorables, puisque c'était précisément dans le vilâyet de Ben-Ghâzi, en Cyrénaïque, que l'association comptait déjà le plus grand nombre de partisans.

Le jour où la fête des Cigognes allait être célébrée dans la Tripolitaine, trois étrangers se promenaient, au milieu de la foule, sur la plaine du Soung-Ettelâtè.

Ces étrangers, ces Mouçafirs, personne n'eût pu les reconnaître pour des Européens sous leur costume arabe. Le plus âgé des trois, d'ailleurs, portait le sien avec cette parfaite aisance que peut seule donner une longue habitude.

C'était le docteur Antékirtt, accompagné de Pierre Bathory et de Luigi Ferrato. Pointe Pescade et Cap Matifou étaient restés à la ville, où ils s'occupaient de certains préparatifs, et, sans doute, ils ne paraîtraient sur le lieu de la scène qu'au moment d'y jouer leur rôle.

Il y avait vingt-quatre heures seulement que, dans l'après-midi, l'*Electric* 2 avait jeté l'ancre à l'abri de ces longues roches qui font au port de Tripoli une sorte de digue naturelle.

La traversée avait été aussi rapide au retour qu'à l'aller. Trois heures de relâche à Philippeville, dans la petite anse de Filfila, rien de plus, — ce qu'il avait fallu de temps pour se procurer des costumes arabes. Puis l'*Electric* était reparti immédiatement, sans même que sa présence eût été signalée dans le golfe de Numidie.

Ainsi donc, lorsque le docteur et ses compagnons avaient accosté, — non pas les quais de Tripoli, mais les roches en dehors du port, — ce n'étaient pas cinq Européens qui venaient de mettre pied sur le territoire de la Régence, c'étaient cinq Orientaux, dont le vêtement ne pouvait attirer l'attention. Peut-être, par défaut d'habitude, Pierre et Luigi, accoutrés de la sorte, se seraient-ils trahis aux yeux d'un observateur minutieux; mais Pointe Pescade et Cap Matifou, accoutumés aux travestissements multiples des saltimbanques, cela n'était pas pour les embarrasser.

Quant à l'*Electric*, la nuit venue, il alla se cacher.

de l'autre côté du port, dans une des criques de ce littoral peu gardé. Là, il devait se tenir prêt à prendre la mer à toute heure de jour ou de nuit. Dès qu'ils eurent débarqué, le docteur et ses compagnons remontèrent la base rocheuse de la côte, prirent le quai de gros blocs qui mène à Bab-el-bahr, la Porte de Mer, et s'engagèrent dans les étroites rues de la ville. Le premier hôtel qu'ils trouvèrent, — et il n'y avait guère à choisir, — leur sembla suffisant pour quelques jours, sinon quelques heures. Ils s'y présentèrent en gens de train modeste, de simples marchands tunisiens qui voulaient profiter de leur passage à Tripoli pour assister à la fête des Cigognes. Comme le docteur parlait aussi correctement l'arabe que les autres idiomes de la Méditerranée, ce n'était pas son langage qui eût pu le trahir.

L'hôtelier reçut avec empressement les cinq voyageurs qui lui faisaient le très grand honneur de descendre chez lui. C'était un gros homme, fort bavard. Aussi, en le faisant causer, le docteur eût-il bientôt appris certaines choses qui l'intéressaient directement. Tout d'abord, il sut qu'une caravane était récemment arrivée du Maroc en Tripolitaine; puis, il apprit que Sarcany, fort connu dans la Régence, faisait partie de cette caravane et qu'il avait reçu l'hospitalité dans la maison de Sîdi Hazam.

Voilà pourquoi, le soir même, le docteur, Pierre et Luigi, tout en prenant certaines précautions pour ne point être remarqués, s'étaient mêlés à la foule des nomades, qui campaient sur la plaine de Soung-Ettelâtè. Tout en se promenant, ils observaient la maison du moqaddem sur la lisière de l'oasis de Menchié.

C'était donc là qu'était enfermée Sava Sandorf! Depuis le séjour du docteur à Raguse, jamais le père et la fille n'avaient été plus rapprochés l'un de l'autre! Mais, en ce moment, un infranchissable mur les séparait. Certes, pour la lui arracher, Pierre eût consenti à tout, même à composer avec Sarcany! Le comte Mathias Sandorf et lui étaient prêts à lui abandonner cette fortune que le misérable convoitait! Et pourtant, ils ne pouvaient oublier qu'ils devaient aussi faire justice du délateur d'Étienne Bathory et de Ladislas Zathmar!

Toutefois, dans les conditions où ils se trouvaient alors, de s'emparer de Sarcany, d'arracher Sava de la maison de Sîdi Hazam, cela ne laissait pas de présenter des difficultés presque insurmontables. A la force qui ne pouvait réussir, faudrait-il substituer la ruse? La fête du lendemain permettrait-elle de l'employer? Oui, sans doute, et ce fut le plan dont le docteur, Pierre et Luigi s'occupèrent pendant la soirée, — plan qui avait été suggéré par Pointe Pescade. En l'exécutant, le brave garçon allait risquer sa vie ; mais, s'il parvenait à pénétrer dans l'habitation du moqaddem, peut-être parviendrait-il à enlever Sava Sandorf? Rien ne semblait impossible à son courage et à son adresse.

C'est donc pour l'exécution du plan adopté que, le lendemain, vers trois heures du soir, le docteur Antékirtt, Pierre, Luigi, se trouvaient tous trois en observation sur la plaine de Soung-Ettelâtè, pendant que Pointe Pescade et Cap Matifou se préparaient pour les rôles qu'ils devaient jouer au plus fort de la fête.

Jusqu'à cette heure, il n'y avait rien encore qui pût faire pressentir le bruit et le mouvement dont la plaine allait s'emplir à la lueur d'innombrables torches, lorsque le soir serait venu. A peine eût-on remarqué, au milieu de cette foule compacte, les allées et venues des partisans senoûsistes, vêtus de costumes très simples, qui se communiquaient, rien que par un signe maçonnique, les ordres de leurs chefs.

Mais il est à propos de faire connaître la légende orientale ou plutôt africaine, dont les principaux

17

incidents allaient être reproduits dans cette fête des Cigognes, qui est de « grande attraction » pour les populations musulmanes.

Il y avait autrefois sur le continent africain, une race de Djins. Sous le nom de Bou-lhebrs, ces Djins occupaient un vaste territoire, situé à la limite du désert de Hammada, entre la Tripolitaine et le royaume du Fezzan. C'était un peuple puissant, très redoutable, très redouté aussi. Il était injuste, perfide, agressif, inhumain. Aucun souverain de l'Afrique n'avait pu le mettre à la raison.

Il advint un jour que le prophète Suleyman tenta, non d'attaquer les Djins, mais de les convertir. Aussi, dans ce but, leur envoya-t-il un de ses apôtres afin de leur prêcher l'amour du bien, la haine du mal. Peine perdue! Ces hordes farouches s'emparèrent du missionnaire et le mirent à mort.

Si les Djins montraient tant d'audace, c'est que dans leur pays, isolé et de difficile accès, ils savaient que nul roi voisin n'aurait osé aventurer ses armées. Ils pensaient, d'ailleurs, qu'aucun messager ne pourrait aller apprendre au prophète Suleyman quel accueil ils avaient fait à son apôtre. Ils se trompaient.

Il y avait dans le pays un grand nombre de cigognes. Ce sont, on le sait, des oiseaux de bonnes mœurs, d'intelligence hors ligne, et surtout de grand sens, puisque la légende affirme qu'ils n'habitent jamais une contrée dont le nom figure sur une pièce d'argent, — l'argent étant la source de tous les maux et le plus puissant mobile qui entraîne l'homme à l'abîme de ses mauvaises passions.

Or, ces cigognes, voyant l'état de perversité dans lequel vivaient les Djins, se réunirent un jour en assemblée délibérative, et décidèrent de dépêcher l'une d'elles au prophète Suleyman, afin de signaler à sa juste vengeance les assassins du missionnaire.

Aussitôt le prophète d'appeler sa huppe, qui est son courrier favori, et de lui donner ordre d'amener dans les hautes zones du ciel africain toutes les cigognes de la terre.

C'est ce qui fut fait, et, quand les innombrables phalanges de ces oiseaux furent réunies devant le prophète Suleyman, dit textuellement la légende, « elles formaient un nuage, qui aurait mis à l'ombre tout le pays entre Mezda et Morzouq. »

Alors chacune, après avoir pris une pierre dans son bec, se dirigea vers le territoire des Djins. Puis, planant au-dessus, elles lapidèrent cette mauvaise race, dont les âmes sont maintenant enfermées pour l'éternité au fond du désert de Hammada.

Telle est cette fable qui allait être mise en scène

dans la fête de ce jour. Plusieurs centaines de cigognes avaient été réunies sous d'immenses filets,
tendus à la surface de la plaine de Soung-Ettelâtè.
Là, pour la plupart, debout sur une patte, elles
attendaient l'heure de la délivrance, et le claque-
ment de leurs mandibules faisait parfois passer à
travers l'air un roulement comparable à celui du
tambour. Au signal donné, elles devaient s'envoler
à travers l'espace et laisser choir d'inoffensives
pierres de terre molle sur la foule des fidèles, au
milieu des hurlements des spectateurs, du fracas
des instruments, des détonations de la mousque-
terie, à la lueur de torches aux flammes multicolores.

Pointe Pescade connaissait le programme de cette
fête, et c'était ce programme qui lui avait suggéré
la pensée d'y jouer un rôle. Dans ces conditions,
peut-être pourrait-il pénétrer à l'intérieur de la
maison de Sîdi Hazam.

Au moment où le soleil venait de se coucher, un
coup de canon, tiré de la forteresse de Tripoli,
donna le signal attendu si impatiemment par le
public du Soung-Ettelâtè.

Le docteur, Pierre et Luigi, d'abord assourdis
du bruit effroyable qui s'éleva de toutes parts, furent
bientôt aveuglés par les milliers de lueurs qui bril-
lèrent sur toute la plaine.

A l'instant où le coup de canon s'était fait entendre, cette foule des nomades était encore occupée
au repas du soir. Ici, le mouton rôti, le pilau de
poulets pour ceux qui étaient Turcs et voulaient
le paraître ; là, le couscoussou pour les Arabes de
quelque aisance ; plus loin, une simple « bazîna »,
sorte de bouillie de farine d'orge à l'huile, pour la
multitude des pauvres diables, dont les poches
contenaient plus de mahboubs de cuivre que de
mictals d'or ; puis, partout et à flots, le « lagby »,
ce suc du dattier, qui, lorsqu'il est porté à l'état
de bière alcoolique, peut pousser aux derniers excès
de l'ivresse.

Quelques minutes après le coup de canon,
hommes, femmes, enfants, Turcs, Arabes, Nègres,
ne se possédaient déjà plus. Il fallait que les instruments de ces orchestres barbares eussent une
effroyable sonorité pour se faire entendre au milieu
d'un pareil brouhaha humain. Çà et là, les cavaliers
bondissaient en déchargeant leurs longs fusils et
leurs pistolets d'arçons, pendant que des pièces
d'artifices, des boîtes assourdissantes, détonaient
comme des bouches à feu, au milieu d'un tumulte
qu'il serait impossible de peindre.

Ici, à la lumière des torches, au crépitement des
tambours de bois, à la mélopée d'un chant mono-

17.

tone, un chef nègre, fantastiquement vêtu, la ceinture cliquetante d'osselets, la figure cachée sous un masque diabolique, excitait à la danse une trentaine de noirs, grimaçant au centre d'un cercle de femmes convulsionnées qui leur battaient des mains.

Ailleurs, de sauvages Aïssassouas, au dernier degré de l'exaltation religieuse et de l'ivresse alcoolique, la face spumeuse, les yeux hors des orbites, broyant du bois, mâchant du fer, se tailladant la peau, jonglant avec les charbons ardents, s'enroulaient de leurs longs serpents qui les mordaient aux poignets, aux joues, aux lèvres, et auxquels ils rendaient la pareille en dévorant leur queue sanglante.

Mais, bientôt, la foule se porta avec un empressement extraordinaire vers la maison de Sidi Haam, comme si quelque nouveau spectacle l'eût attirée de ce côté.

Deux hommes étaient là, l'un énorme, l'autre fluet, — deux acrobates dont les curieux exercices de force et d'adresse au milieu d'un quadruple rang de spectateurs provoquaient les plus bruyants hurrahs qui pussent s'échapper d'une bouche tripolitaine.

C'étaient Pointe Pescade et Cap Matifou. Ils avaient choisi le théâtre de leurs exploits à quel-

ques pas seulement de la maison de Sîdi Hazam..
Tous deux, pour cette occasion, avaient repris
leur ancien métier d'artistes forains. Vêtus d'ori-
peaux qu'ils s'étaient taillés dans des étoffes arabes,
ils étaient en quête de nouveaux succès.

« Tu ne seras pas trop rouillé? avait préalablement dit Pointe Pescade à Cap Matifou.

— Non, Pointe Pescade.

— Et tu ne reculeras pas devant n'importe quel
exercice pour enthousiasmer ces imbéciles?

— Moi!... reculer!...

— Quand même il te faudrait broyer des cailloux
avec tes dents et avaler des serpents?...

— Cuits?... demanda Cap Matifou.

— Non... crus!

— Crus?...

— Et vivants! »

Cap Matifou avait fait la grimace, mais, s'il le
fallait, il était décidé à manger du serpent, comme
un simple Aïssassoua.

Le docteur, Pierre et Luigi, mêlés à la foule des
spectateurs, ne perdaient pas de vue leurs deux
compagnons.

Non! Cap Matifou n'était pas rouillé. Il n'avait
rien perdu de sa force prodigieuse. Tout d'abord,
les épaules de cinq ou six des plus robustes Arabes,

.qui s'étaient risqués à lutter avec lui, avaient touché le sol.

Puis, ce furent des jongleries qui émerveillèrent les arabes, surtout lorsque des torches enflammées s'élancèrent des mains de Pointe Pescade aux mains de Cap Matifou en croisant leurs zig-zags de feu.

Et cependant, ce public avait le droit d'être difficile. Il y avait là bon nombre de ces admirateurs des Touaregs, à demi sauvages, « dont l'agilité est égale à celle des animaux les plus redoutés de ces latitudes », comme l'annonce l'étonnant programme de la célèbre troupe Bracco. Ces connaisseurs avaient déjà applaudi l'intrépide Mustapha, le Samson du désert, l'homme-canon, « auquel la reine d'Angleterre avait fait dire par son valet de chambre de ne pas recommencer son expérience, de peur d'accident! » Mais Cap Matifou était incomparable dans les tours de force, et il pouvait défier tous ses rivaux.

Enfin un dernier exercice vint mettre le comble à l'enthousiasme de la foule cosmopolite qui entourait les artistes européens. Usé dans les cirques de l'Europe, il paraît qu'il était encore inconnu des badauds de la Tripolitaine.

Aussi les spectateurs s'écrasaient-ils pour voir de plus près les deux acrobates, qui « travaillaient » à la lumière des torches.

Cap Matifou, après avoir saisi une perche, longue
de vingt-cinq à trente pieds, la tenait verticalement
de ses deux mains ramenées contre sa poitrine. A
l'extrémité de cette perche, Pointe Pescade, qui
venait d'y grimper avec l'agilité d'un singe, se balançait dans des poses d'une étonnante hardiesse, en
lui imprimant une courbure inquiétante.

Mais Cap Matifou restait inébranlable, tout en se
déplaçant peu à peu, afin de conserver son équilibre.
Puis, quand il fut près du mur de la maison de Sîdi
Hazam, il eut la force de hisser la perche à bout
de bras, tandis que Pointe Pescade prenait l'attitude d'une Renommée qui envoyait des baisers au
public.

La foule des Arabes et des nègres, absolument
transportée, hurlait de la bouche, battait des mains,
trépignait des pieds. Non, jamais le Samson du
Désert, l'intrépide Mustapha, le plus hardi des
Touaregs, ne s'était élevé à une pareille hauteur!

En ce moment, un coup de canon retentit sur le
terre-plein de la forteresse de Tripoli. A ce signal,
les centaines de cigognes, subitement délivrées des
immenses filets qui les retenaient prisonnières, s'en-
levèrent dans l'air, et une grêle de fausses pierres
commença à tomber sur la plaine, au milieu d'un
assourdissant concert de cris aériens, auquel ré-

pondit avec non moins de violence le concert ter-
restre.

Ce fut le paroxysme de la fête. On eût dit que
tous les hospices de fous de l'Ancien continent venaient de se vider sur le Soung-Ettelâtè de la Tripolitaine!

Cependant, comme si elle eût été sourde et muette,
l'habitation du moqaddem était restée obstinément
close pendant ces heures de réjouissance publique
et pas un seul des affidés de Sîdi Hazam n'avait paru
à la porte ni sur les terrasses.

Mais, ô prodige! A l'instant où les torches venaient
de s'éteindre, après l'immense enlèvement des cigognes, Pointe Pescade avait disparu tout à coup,
comme s'il se fût envolé dans les hauteurs du ciel
avec les fidèles oiseaux du prophète Suleyman.

Qu'était-il devenu?

Quant à Cap Matifou, il n'eut pas l'air de s'inquiéter
de cette disparition. Après avoir fait sauter sa perche
en l'air, il la reçut adroitement par l'autre bout et
la fit tournoyer comme un tambour-major eut fait de
sa gigantesque canne. L'escamotage de Pointe Pescade n'avait semblé être pour lui que la chose du
monde la plus naturelle.

Toutefois, l'émerveillement des spectateurs fut
porté au comble, et leur enthousiasme s'acheva dans

un immense hurrah qui dut s'entendre au-delà des limites de l'oasis. Aucun d'eux n'avait mis en doute que l'agile acrobate ne fût parti à travers l'espace pour le royaume des cigognes.

Ce qui charme le plus les multitudes, n'est-ce pas ce qu'elles ne peuvent s'expliquer?

III

LA MAISON DE SIDI HAZAM.

Il était à peu près neuf heures du soir. Mousque-
terie, musique, cris, tout avait cessé subitement. La
foule commença à se dissiper peu à peu, les uns
rentrant à Tripoli, les autres regagnant l'oasis de
Menchié et les villages voisins de la province. Avant
une heure, la plaine de Soung-Ettelâtè serait devenue silencieuse et vide. Tentes repliées, campements
levés, nègres et berbères avaient déjà repris la route
des diverses contrées de la Tripolitaine, tandis que
les Senoûsistes se dirigeaient vers la Cyrénaïque et
plus principalement sur le vilàyet de Ben-Ghâzi, afin
d'y concentrer toutes les forces du calife.

Seuls, le docteur Antékirtt, Pierre et Luigi ne
devaient pas quitter cette place pendant toute la

durée de la nuit. Prêts à tout événement depuis la disparition de Pointe Pescade, chacun d'eux avait aussitôt choisi son poste de surveillance à la base même des murailles de la maison de Sîdi Hazam.

Cependant Pointe Pescade, après s'être élancé d'un bond prodigieux, au moment où Cap Matifou tenait la perche à bout de bras, était retombé sur le parapet de l'une des terrasses, au pied du minaret qui dominait les diverses cours de l'habitation.

Au milieu de cette nuit sombre, personne n'avait pu le voir, ni du dehors ni du dedans, — pas même de la skifa, située au fond du second patio, et dans laquelle se trouvaient un certain nombre de Khouâns, les uns dormant, les autres veillant par ordre du moqaddem.

Pointe Pescade, on le comprend, n'avait pu arrêter d'une façon définitive un plan que tant de circonstances imprévues allaient peut-être modifier. La distribution intérieure de la maison de Sîdi Hazam ne lui était point connue, et il ignorait en quel endroit la jeune fille avait été renfermée, si elle était seule ou gardée à vue, si la force physique ne lui manquerait pas pour s'enfuir. De là, nécessité d'agir un peu à l'aventure. Toutefois, voici ce qu'il s'était dit :

« Avant tout, par force ou par ruse, il faut que

18

j'arrive jusqu'à Sava Sandorf. Si elle ne peut me suivre immédiatement, si je ne peux parvenir à l'enlever cette nuit même, il faut au moins qu'elle sache que Pierre Bathory est vivant, qu'il est là, au pied de ces murs, que le docteur Antékirtt et ses compagnons sont prêts à lui porter secours, enfin que si son évasion éprouve quelque retard, elle ne doit céder à aucune menace!... Il est vrai que je puis être surpris, avant d'être arrivé jusqu'à elle!... Mais alors il sera temps d'aviser! »

Après avoir sauté par-dessus le parapet, sorte de gros bourrelet blanchâtre percé de créneaux, le premier soin de Pointe Pescade fut de dérouler une mince corde à nœuds qu'il avait pu cacher sous son léger accoutrement de clown; puis il l'amarra à l'un des créneaux d'angle, de façon qu'elle pendît extérieurement jusqu'au sol. Ce n'était là qu'une mesure éventuelle de précaution, mais bonne à prendre. Cela fait, Pointe Pescade, avant de s'aventurer plus loin, se coucha à plat ventre le long du parapet. Dans cette attitude que lui commandait la prudence, il attendit sans bouger. S'il avait été vu, la terrasse serait bientôt envahie par les gens de Sîdi Hazam, et, dans ce cas, il n'aurait plus qu'à utiliser pour son compte la corde dont il avait espéré faire un moyen de salut pour Sava Sandorf.

Un silence absolu régnait dans l'habitation du moqaddem. Comme ni Sîdi Hazam, ni Sarcany, ni aucun de leurs gens n'avaient pris part à la fête des cigognes, la porte de la zaouya ne s'était pas ouverte depuis le lever du soleil.

Après quelques minutes d'attente, Pointe Pescade s'avança en rampant vers l'angle d'où s'élevait le minaret. L'escalier, qui desservait la partie supérieure de ce minaret, devait évidemment se continuer jusqu'au sol du premier patio. En effet, une porte, s'ouvrant sur la terrasse, permettait de descendre au niveau des cours intérieures.

Cette porte était fermée en dedans, non à clef, — avec un verrou qu'il eût été impossible de repousser du dehors, à moins de pratiquer un trou dans le vantail. Ce travail, Pointe Pescade aurait pu certainement l'accomplir, car il avait dans sa poche un couteau à lames multiples, précieux présent du docteur, dont il pouvait faire bon usage. Mais c'eût été une besogne longue et peut-être bruyante.

Cela ne fut pas nécessaire. A trois pieds au-dessus de la terrasse, un « jour », en forme de meurtrière, s'évidait dans le mur du minaret. Si ce jour était étroit, Pointe Pescade n'était pas gros. D'ailleurs ne tenait-il pas du chat, qui peut s'allonger pour passer où il semble qu'il n'ait point passage? Il essaya

donc, et, non sans quelques écorchures aux épaules,
il se trouva bientôt à l'intérieur du minaret.

« Voilà ce que Cap Matifou n'aurait jamais pu
faire ! » se dit-il avec quelque raison.

Puis, en tâtonnant, il revint alors vers la porte,
dont il tira le verrou, afin qu'elle restât libre pour
le cas où il serait nécessaire de reprendre le même
chemin.

En descendant l'escalier tournant du minaret,
Pointe Pescade se laissa glisser plutôt qu'il n'appuya
sur les marches de bois que son pied eût pu faire
gémir. Au bas, il se trouva devant une seconde
porte fermée; mais il n'eut qu'à la pousser pour
l'ouvrir.

Cette porte donnait sur une galerie à colonnettes,
disposée autour du premier patio, le long de laquelle
prenaient accès un certain nombre de chambres.
Après l'obscurité complète de l'escalier, ce milieu
paraissait relativement moins sombre. Du reste,
aucune lumière à l'intérieur, nul bruit non plus.

Au centre du patio s'arrondissait un bassin d'eaux
vives, entouré de grandes jarres de terre, d'où s'élan-
çaient divers arbustes, poivriers, palmiers, lauriers-
roses, cactus, dont l'épaisse verdure formait autour
de la margelle comme une sorte de massif.

Pointe Pescade fit le tour de cette galerie, à pas

de loup, s'arrêtant devant chaque chambre. Il semblait qu'elles fussent inhabitées. Non toutes, cependant, car, derrière l'une de ces portes, un murmure de voix se faisait nettement entendre.

Pointe Pescade recula d'abord. C'était la voix de Sarcany, — cette voix qu'il avait plusieurs fois entendue à Raguse ; mais, bien qu'il eût appuyé son oreille contre la porte, il ne put rien surprendre de ce qui se disait dans cette chambre.

En ce moment, un bruit plus fort se produisit, et Pointe Pescade n'eut que le temps de se rejeter en arrière, puis d'aller se blottir derrière une des grandes jarres, disposées autour du bassin.

Sarcany venait de sortir de la chambre. Un Arabe, de haute taille, l'accompagnait. Tous deux continuèrent leur entretien en se promenant sous la galerie du patio.

Malheureusement, Pointe Pescade ne pouvait comprendre ce que disaient Sarcany et son compagnon, car ils se servaient de cette langue arabe qu'il ne connaissait pas. Deux mots le frappèrent toutefois, ou plutôt deux noms : celui de Sidi Hazam — et c'était en effet le moqaddem qui causait avec Sarcany, — puis, le nom d'Antékirtta, qui revint à plusieurs reprises dans cette conversation.

« C'est au moins étrange ! se dit Pointe Pescade.

18

Pourquoi parlent-ils d'Antékirtta ?... Est-ce que Sidi Hazam, Sarcany et tous ces pirates de la Tripolitaine méditeraient une campagne contre notre île ? Mille diables ! et ne rien savoir du jargon qu'emploient ces deux coquins ! »

Et Pointe Pescade s'appliquait à surprendre quelque autre mot suspect, tout en se blottissant derrière les jarres de verdure, lorsque Sarcany et Sidi Hazam s'approchaient du bassin. Mais la nuit était assez sombre pour qu'ils ne pussent le voir.

« Et encore, se disait-il, si le Sarcany eût été seul dans cette cour, peut-être aurais-je pu lui sauter à la gorge et le mettre hors d'état de nous nuire ! Mais cela n'aurait pas sauvé Sava Sandorf, et c'est pour elle que je viens de faire le saut périlleux !... Patience !... Le tour du Sarcany viendra plus tard ! »

La conversation de Sidi Hazam et de Sarcany dura une vingtaine de minutes environ. Le nom de Sava fut aussi prononcé plusieurs fois, avec la qualification d'« arrouée », et Pointe Pescade se rappela avoir déjà entendu prononcer ce mot qui signifie « fiancée » en arabe. Évidemment, le moqaddem connaissait les projets de Sarcany et y prêtait les mains.

Puis, ces deux hommes se retirèrent par une des

portes d'angle du patio, qui mettait cette galerie en communication avec les autres dépendances de la maison.

Dès qu'ils eurent disparu, Pointe Pescade se glissa le long de la galerie et s'arrêta près de cette porte. Il n'eut qu'à la pousser pour se trouver devant un étroit couloir dont il suivit le mur en tâtonnant. A son extrémité s'arrondissait une double arcade, soutenue par une colonette centrale, qui donnait accès sur la seconde cour.

D'assez vives lueurs, passant entre les baies par lesquelles la skifa prenait jour sur le patio, découpaient de larges secteurs lumineux sur le sol. En ce moment, il n'eût pas été prudent de les traverser. Un bruit de voix nombreuses se faisait entendre derrière la porte de cette salle.

Pointe Pescade hésita un instant. Ce qu'il cherchait, c'était la chambre dans laquelle Sava avait été renfermée, et il ne pouvait guère compter que sur le hasard pour la découvrir.

Soudain une lumière parut brusquement à l'autre extrémité de la cour. Une femme, portant une lanterne arabe, enjolivée de cuivres et de houppes, venait de sortir d'une chambre située à l'angle opposé du patio, et contournait la galerie sur laquelle s'ouvrait la porte de la skifa.

Pointe Pescade reconnut cette femme... C'était Namir.

Comme il était possible que la Marocaine se rendît à la chambre où se trouvait la jeune fille, il fallait imaginer le moyen de la suivre, et, pour la suivre, de lui livrer d'abord passage, sans se laisser apercevoir. Ce moment allait donc décider de l'audacieuse tentative de Pointe Pescade et du sort de Sava Sandorf.

Namir s'avançait. Sa lanterne, presque au ras du sol, laissait la partie supérieure de la galerie dans une obscurité d'autant plus profonde que le pavé de mosaïque était plus fortement éclairé. Or, comme il fallait qu'elle passât sous l'arcade, Pointe Pescade ne savait trop que faire, lorsque un rayon de la lanterne lui montra que la partie supérieure de cette arcade se composait d'arabesques ajourées à la mode mauresque.

Grimper à la colonnette centrale, s'accrocher à l'une de ces arabesques, se hisser à la force du poignet, se circonscrire dans l'ove du milieu, y rester immobile comme un saint dans une niche, c'est ce que Pointe Pescade eut fait en un instant.

Namir passa sous l'arcade, sans le voir, reprit le côté opposé de la galerie. Puis, arrivée à la porte de la skifa, elle l'ouvrit.

Une projection lumineuse jaillit à travers la cour et s'éteignit instantanément, dès que la porte eût été refermée.

Pointe Pescade se mit à réfléchir, et où eût-il pu être mieux pour se livrer à ses réflexions?

« C'est bien Namir qui vient d'entrer dans cette salle, se dit-il. Il est donc évident qu'elle ne se rendait pas à la chambre de Sava Sandorf! Mais peut-être en sortait-elle, et, dans ce cas, cette chambre serait celle qui est à l'angle de la cour?... A vérifier! »

Pointe Pescade attendit quelques instants avant de quitter son poste. La lumière, à l'intérieur de la skifa, semblait diminuer peu à peu d'intensité, tandis que le bruit des voix se réduisait à un simple murmure. Sans doute, l'heure était venue à laquelle tout le personnel de Sîdi Hazam allait prendre quelque repos. Les circonstances seraient alors plus favorables pour agir, puisque cette partie de l'habitation serait plongée dans le silence, quand bien même la dernière lueur n'y serait pas encore éteinte. C'est ce qui arriva, en effet.

Pointe Pescade se laissa glisser le long de la colonnette de l'arcade, rampa sur les dalles de la galerie, passa devant la porte de la skifa, tourna l'extrémité du patio, et atteignit à l'angle opposé la chambre de laquelle était sortie Namir.

Pointe Pescade ouvrit cette porte qui n'était pas fermée à clef. Et alors, à la lumière d'une lampe arabe, disposée comme une veilleuse sous son verre dépoli, il put rapidement examiner la chambre.

Quelques tentures, suspendues aux parois, çà et là des escabeaux de forme mauresque, des coussins empilés dans les angles, un double tapis jeté sur la mosaïque du sol, une table basse qui portait encore les restes d'un repas, au fond, un divan recouvert d'une étoffe de laine, voilà ce que Pointe Pescade vit tout d'abord.

Il entra et referma la porte.

Une femme, assoupie plutôt qu'endormie, était étendue sur le divan, à demi recouverte d'un de ces burnous dont les Arabes s'enveloppent ordinairement de la tête aux pieds.

C'était Sava Sandorf.

Pointe Pescade n'eut aucune hésitation à reconnaître la jeune fille qu'il avait plusieurs fois rencontrée dans les rues de Raguse. Combien elle lui parut changée alors! Pâle comme elle l'était au moment où sa voiture de mariage venait se heurter au convoi de Pierre Bathory, son attitude, sa physionomie triste, sa torpeur douloureuse, tout disait ce qu'elle avait dû et devait souffrir!

Il n'y avait pas un instant à perdre.

En effet, puisque la porte n'avait pas été refermée à clef, c'est que Namir allait sans doute revenir près de Sava? Peut-être la Marocaine la gardait-elle nuit et jour? Et cependant, quand bien même la jeune fille aurait pu quitter cette chambre, comment fût-elle parvenue à s'enfuir, sans un secours venu du dehors? L'habitation de Sidi Hazam n'était elle pas murée comme une prison!

Pointe Pescade se pencha sur le divan. Quel fut son étonnement devant une ressemblance qui ne l'avait pas encore frappé, — la ressemblance de Sava Sandorf et du docteur Antékirtt!

La jeune fille ouvrit les yeux.

En voyant un étranger qui se tenait debout devant elle, le doigt sur les lèvres, le regard suppliant, dans ce bizarre accoutrement d'acrobate, elle fut tout d'abord interdite plutôt qu'effrayée. Mais, si elle se releva, elle eut assez de sang-froid pour ne pas jeter un cri.

« Silence! dit Pointe Pescade. Vous n'avez rien à craindre de moi!... Je viens ici pour vous sauver!... Derrière ces murs, des amis vous attendent, des amis qui se feront tuer pour vous arracher aux mains de Sarcany!... Pierre Bathory est vivant...

— Pierre... vivant?... s'écria Sava, en comprimant les battements de son cœur.

— Lisez ! »

Et Pointe Pescade tendit à la jeune fille un billet, qui ne contenait que ces mots :

« Sava, fiez-vous à celui qui a risqué sa vie pour arriver jusqu'à vous !... Je suis vivant !... Je suis là !...

« Pierre Bathory. »

Pierre était vivant !... Il était au pied de ces murailles ! Par quel miracle?... Sava le saurait plus tard !... Mais Pierre était là !

« Fuyons !... dit-elle.

— Oui ! fuyons, répondit Pointe Pescade, mais en mettant toutes les chances de notre côté ! — Une seule question : Namir a-t-elle l'habitude de passer la nuit dans cette chambre?

— Non, répondit Sava.

— Prend-elle la précaution de vous y enfermer, quand elle s'absente pour quelque temps?

— Oui !

— Elle va donc revenir?...

— Oui !... Fuyons !

— A l'instant, » répondit Pointe Pescade.

Tout d'abord, il fallait reprendre l'escalier du minaret et gagner la terrasse qui donnait sur la plaine.

Une fois là, avec la corde qui pendait extérieurement jusqu'au sol, l'évasion pourrait aisément s'accomplir.

« Venez! » dit Pointe Pescade, en prenant la main de Sava.

Et il allait rouvrir la porte de sa chambre, lorsque des pas se firent entendre sur les dalles de la galerie. En même temps, quelques paroles étaient prononcées d'un ton impérieux. Pointe Pescade avait reconnu la voix de Sarcany : il s'arrêta sur le seuil de la chambre.

« C'est lui!... C'est lui!... murmura la jeune fille. Vous êtes perdu, s'il vous trouve ici!...

— Il ne m'y trouvera pas! » répondit Pointe Pescade.

L'agile garçon venait de s'étendre à terre; puis, par un de ces mouvements d'acrobate qu'il avait si souvent exécutés dans les baraques foraines, après s'être enveloppé de l'un des tapis étendu sur le sol, il s'était roulé jusque dans le coin le plus obscur de la chambre.

A ce moment, la porte s'ouvrait devant Sarcany et Namir et se refermait derrière eux.

Sava avait repris sa place sur le divan. Pourquoi Sarcany venait-il la trouver à cette heure? Était-ce quelque instance nouvelle pour vaincre son

19

refus?... Mais Sava était forte maintenant! Elle savait que Pierre était vivant, qu'il l'attendait au dehors!...

Sous ce tapis qui le couvrait, Pointe Pescade, s'il ne pouvait rien voir, pouvait tout entendre.

« Sava, dit Sarcany, demain matin, nous aurons quitté cette maison pour une autre résidence. Mais je ne veux pas partir d'ici, sans que vous ayez consenti à notre mariage, sans qu'il ait été célébré. Tout est prêt, et il faut qu'à l'instant....

— Ni maintenant ni plus tard! répondit la jeune fille d'une voix aussi froide que résolue.

— Sava, reprit Sarcany, comme s'il n'eût point voulu entendre cette réponse, dans notre intérêt à tous deux, il importe que votre consentement soit libre, dans notre intérêt à tous deux, vous com-prenez?...

— Nous n'avons pas et nous n'aurons jamais d'intérêt commun!

— Prenez garde!... Je tiens à vous rappeler que, ce consentement, vous l'aviez donné à Raguse...

— Pour des raisons qui n'existent plus!

— Écoutez-moi, Sava, reprit Sarcany, dont le calme apparent cachait mal une irritation des plus violentes, c'est la dernière fois que je viens vous demander votre consentement...

— Que je vous refuserai, tant que j'aurai la force de le faire !

— Eh bien, cette force, on vous l'ôtera ! s'écria Sarcany. Ne me poussez pas à bout ! Oui ! cette force, dont vous vous servez contre moi, Namir saura l'anéantir, et malgré vous, s'il le faut ! Ne me résistez pas, Sava !... L'imâm est là, prêt à célébrer notre mariage selon les usages de ce pays qui est le mien !... Suivez-moi donc ! »

Sarcany marcha vers la jeune fille, qui, après s'être vivement relevée, venait de reculer jusqu'au fond de la chambre.

« Misérable ! s'écria-t-elle.

— Vous me suivrez !... Vous me suivrez ! répétait Sarcany, qui ne se possédait plus.

— Jamais !

— Ah !... prends garde ! »

Et Sarcany, ayant saisi le bras de la jeune fille, la violentait pour l'entraîner avec Namir dans la skifa, où Sîdi Hazam et l'imâm les attendaient tous les deux.

« A moi !... à moi ! s'écria Sava. A moi... Pierre Bathory !

— Pierre Bathory !... s'écria Sarcany. C'est un mort que tu appelles à ton secours !

— Non !... C'est un vivant !... A moi, Pierre ! »

Cette réponse frappa Sarcany d'un coup si inattendu, que l'apparition même de sa victime ne l'eût pas épouvanté davantage. Mais il ne tarda pas à se remettre. Pierre Bathory vivant!... Pierre qu'il avait frappé de sa main, dont il avait vu porter le corps au cimetière de Raguse!... En vérité, ce ne pouvait être là que le propos d'une folle, et il était possible que Sava, sous l'excès du désespoir, eût perdu la raison!

Cependant, Pointe Pescade avait entendu toute cette conversation. En apprenant à Sarcany que Pierre Bathory était vivant, Sava venait de jouer sa vie, cela n'était que trop certain. Aussi, pour le cas où ce misérable se fût porté à quelque violence, se tenait-il prêt à apparaître, son couteau à la main. Qui aurait pu le croire capable d'hésiter à le frapper, n'eût pas connu Pointe Pescade!

Il ne fut pas nécessaire d'en venir là. Brusquement, Sarcany venait d'entraîner Namir. Puis, la porte de la chambre s'était refermée à clef sur la jeune fille dont le sort allait se décider.

D'un bond, Pointe Pescade, après avoir déroulé le tapis, avait reparu.

« Venez! » dit-il à Sava.

Comme la serrure de la porte était en dedans de la chambre, la dévisser avec le tourne-vis de son couteau, ne fut pour l'adroit garçon ni difficile, ni long, ni bruyant.

Dès que la porte eut été ouverte, puis, refermée derrière lui, Pointe Pescade, précédant la jeune fille, s'avança le long de la galerie en suivant le mur du patio.

Il devait être onze heures et demie du soir. Quelques clartés filtraient encore à travers les baies de la skifa. Aussi Pointe Pescade évita-t-il de passer devant cette salle pour aller prendre, à l'angle opposé, le couloir qui devait le ramener à la première cour de l'habitation.

Tous deux, après être arrivés à l'extrémité de ce couloir, le suivirent jusqu'au bout. Ils n'avaient plus alors que quelques pas à faire pour atteindre l'escalier du minaret, lorsque Pointe Pescade s'arrêta soudain et retint Sava, dont la main n'avait pas quitté la sienne.

Trois hommes allaient et venaient dans cette première cour, autour du bassin. L'un de ces hommes, — c'était Sîdi Hazam, — venait de donner un ordre aux deux autres. Presque aussitôt, ceux-ci disparurent par l'escalier du minaret, pendant que le moqaddem rentrait dans une des chambres latérales. Pointe Pescade comprit que Sîdi Hazam se préoccupait de faire surveiller les abords de l'habi-

19.

tation. Donc, au moment où la jeune fille et lui apparaîtraient sur la terrasse, elle serait occupée et gardée.

« Il faut tout risquer, cependant! dit Pointe Pescade.

— Oui... tout! » répondit Sava.

Alors, après avoir traversé la galerie, tous deux atteignirent l'escalier qu'ils montèrent avec une extrême prudence. Puis, lorsque Pointe Pescade fut arrivé au palier supérieur, il s'arrêta.

Nul bruit sur la terrasse, pas même le pas d'une sentinelle.

Pointe Pescade ouvrit doucement la porte, et, suivi de Sava, il se glissa le long des créneaux.

Soudain, un cri fut jeté du haut du minaret par un des hommes de garde. Au même moment, l'autre sautait sur Pointe Pescade, pendant que Namir s'élançait sur la terrasse, tandis que le personnel de Sidi Hazam faisait irruption à travers les cours intérieures de l'habitation.

Sava allait-elle se laisser reprendre? Non!... Reprise par Sarcany, elle était perdue!... A cela elle préférait cent fois la mort!

Aussi, après avoir recommandé son âme à Dieu, l'intrépide jeune fille courut vers le parapet, et, sans hésiter, se précipita du haut de la terrasse.

Pointe Pescade n'avait pas même eu le temps d'intervenir; mais, repoussant l'homme qui luttait avec lui, il saisit la corde, et, en une seconde, il fut au pied de la muraille.

« Sava!... Sava!... s'écria-t-il.

— Voici la demoiselle!... lui répondit une voix bien connue. Et rien de cassé!... Je me suis trouvé à propos pour... »

Un cri de fureur, suivi d'un bruit sourd, vint couper la parole à Cap Matifou.

Namir, dans un mouvement de rage, n'avait pas voulu abandonner la proie qui lui échappait, et elle s'était brisée sur le sol, comme se fût brisée Sava, si deux bras vigoureux ne l'eussent reçue dans sa chute.

Le docteur Antékirtt, Pierre, Luigi, avaient rejoint Cap Matifou et Pointe Pescade, qui fuyaient dans la direction du littoral. Sava, quoiqu'elle fût évanouie, ne pesait guère aux bras de son sauveur.

Quelques moments après, Sarcany, suivi d'une vingtaine d'hommes armés, se lançait sur les pas des fugitifs.

Lorsque cette bande arriva à la petite anse où attendait l'*Electric*, le docteur était déjà à bord avec ses compagnons, et, en quelques tours d'hélice, la rapide embarcation fut hors de portée.

Sava, restée seule avec le docteur et Pierre Bathory, venait de reprendre connaissance. Elle ap-
prenait qu'elle était la fille du comte Mathias Sandorf!... Elle était dans les bras de son père!

———

IV

ANTÉKIRTTA.

Quinze heures après avoir quitté le littoral de la Tripolitaine, l'*Electric* 2 était signalé par les vigies d'Antékirtta, et, dans l'après-midi, il venait mouiller au fond du port.

On imagine aisément quel accueil fut fait au docteur et à ses braves compagnons!

Cependant, bien que Sava se trouvât maintenant hors de danger, il fut décidé que l'on garderait encore un secret absolu sur les liens qui la rattachaient au docteur Antékirtt.

Le comte Mathias Sandorf voulait rester inconnu jusqu'au complet accomplissement de son œuvre. Mais il suffisait que Pierre, dont il avait fait son fils, fût le fiancé de Sava Sandorf, pour que la joie se manifestât de tous côté par des démonstrations touchantes, aussi bien au Stadthaus que dans la petite ville d'Artenak.

Que l'on juge aussi de ce que dut éprouver Mme Bathory, lorsque Sava lui eût été rendue, après tant d'épreuves! La jeune fille allait se remettre promptement, d'ailleurs, et quelques jours de bonheur y devaient suffire.

Quant à Pointe Pescade, il avait risqué sa vie, ce n'était pas douteux. Mais, comme il trouvait cela tout naturel, il n'y eut pas possibilité de lui en témoigner la plus simple reconnaissance, — au moins en paroles. Pierre Bathory l'avait si étroitement pressé sur sa poitrine, et le docteur Antékirtt l'avait regardé avec de si bons yeux qu'il ne voulait plus entendre à rien. Selon son habitude, au surplus, il rejetait tout le mérite de l'aventure sur Cap Matifou.

« C'est lui qu'il convient de remercier! répétait-il. C'est lui qui a tout fait! Si mon Cap n'avait pas montré tant d'adresse dans l'exercice de la perche jamais je n'aurais pu sauter d'un bond dans la maison de ce coquin de Sidi Hazam, et Sava Sandorf se serait tuée en tombant, si mon Cap ne se fût trouvé là pour la recevoir dans ses bras!

— Voyons!... voyons!... répondait Cap Matifou, tu vas un peu loin, et l'idée de...

— Tais-toi, mon Cap, reprenait Pointe Pescade. Que diable! Je ne suis pas assez fort pour recevoir des compliments de ce calibre, tandis que toi... Allons soigner notre jardin! »

Et Cap Matifou se taisait, et il s'en retournait à sa jolie villa, et, finalement, il acceptait les félicitations qu'on lui imposait, « pour ne pas désobliger son petit Pescade! »

Il fut décidé que le mariage de Pierre Bathory et de Sava Sandorf serait célébré dans un délai très prochain, à la date du 9 novembre. Pierre, devenu le mari de Sava, s'occuperait alors de faire reconnaître les droits de sa femme à l'héritage du comte Mathias Sandorf. La lettre de Mme Toronthal ne pouvait laisser aucun doute sur la naissance de la jeune fille, et, s'il le fallait, on saurait bien obtenir du banquier une déclaration conforme. Il va sans dire que cette constatation allait être faite dans les délais voulus, puisque Sava Sandorf n'avait pas encore atteint l'âge fixé pour la reconnaissance de ses droits. En effet, elle ne devait entrer dans sa dix-huitième année que six semaines plus tard.

Il faut ajouter, d'ailleurs, que, depuis quinze ans, un revirement politique, très favorable à la question hongroise, avait singulièrement détendu la situation, — surtout en ce qui touchait au souvenir qu'avait pu laisser à quelques hommes d'État l'entreprise si vite et depuis si longtemps étouffée du comte Mathias Sandorf.

Quant à l'Espagnol Carpena et au banquier Silas Toronthal, il ne serait définitivement statué sur leur sort, que lorsque Sarcany aurait rejoint ses complices dans les casemates d'Antékirtta. Alors l'œuvre de justice recevrait son dénouement.

Mais, en même temps que le docteur combinait les moyens d'arriver à son but, il lui était impérieusement commandé de pourvoir à la sûreté de la colonie. Ses agents de la Cyrénaïque et de la Tripolitaine lui marquaient que le mouvement senoûsiste prenait une importance extrême, principalement dans le vilâyet de Ben-Ghâzi, qui est le plus rapproché de l'île. Des courriers spéciaux mettaient incessamment Jerhboûb, « ce nouveau pôle du monde islamique, » ainsi que l'a appelée M. Duveyrier, cette sorte de Mecque métropolitaine, où résidait alors Sîdi Mohammed El-Mahedi, grand maître actuel de l'Ordre, avec les chefs secondaires de toute la province. Or, comme ces Senoûsistes ne sont, à vrai dire, que les dignes descendants des anciens pirates barbaresques, qu'ils portent à tout ce qui est Européen une mortelle haine, le docteur avait lieu de se tenir très sérieusement sur ses gardes.

En effet, n'est-ce pas aux Senoûsistes qu'il faut attribuer, depuis vingt ans, les massacres inscrits dans la nécrologie africaine? Si on a vu périr Beurman au Kanem, en 1863, Van der Decken et ses compagnons sur le fleuve Djouba en 1865, Mlle Alexine Tinné et les siens dans l'Ouâdi Abedjoûch, en 1865, Dournaux-Duperré et Joubert près du puits d'In-Azhâr, en 1874, les pères Paulmier, Bouchard et Ménoret, au-delà d'In-Câlah, en 1876, les pères Richard, Morat et Pouplard, de la mission de Ghadamès dans le nord de l'Azdjer, le colonel Flatters, les capitaines Masson et de Dianous, le docteur Guiard, les ingénieurs Beringer et Roche sur la route de Warglâ, en 1881, — c'est que ces sanguinaires affiliés ont été poussés à mettre en pratique les doctrines sénoûsiennes contre de hardis explorateurs.

A ce sujet, le docteur s'entretenait souvent avec Pierre Bathory, Luigi Ferrato, les capitaines de sa flottille, les chefs de sa milice et les principaux notables de l'île. Antékirtta pouvait-elle résister à une attaque de ces pirates? Oui, sans doute, bien que le dispositif de ses fortifications ne fût pas encore achevé, mais à la condition que le nombre des assaillants ne fut pas trop considérable. D'autre part, les Senoûsistes avaient-ils intérêt à s'en em-

20

parer? Oui, puisqu'elle commandait tout ce golfe
de Sidre que forment, en s'arrondissant, les rivages
de la Cyrénaïque et de la Tripolitaine.

On ne l'a pas oublié, dans le sud-est d'Antékirtta,
à une distance de deux milles, gisait l'îlot Kencraf.
Or, cet îlot, qu'on avait pas eu le temps de fortifier,
constituait un danger pour le cas probable où une
flottille viendrait en faire sa base d'opérations.
Aussi le docteur avait-il pris la précaution de le
faire miner. Et, maintenant, un terrible agent
explosif emplissait les fougasses déposées dans sa
masse rocheuse.

Il suffisait d'une étincelle électrique, envoyée par
le fil sous-marin qui le reliait à Antékirtta, pour
que l'îlot Kencraf fût anéanti avec tout ce qui se
trouverait à sa surface.

Quant aux autres moyens de défense de l'île,
voici ce qui avait été fait. Les batteries de la côte,
mises en état, n'attendaient plus que les servants de
la milice désignés pour y prendre leur poste. Le
fortin du cône central était prêt à faire feu de ses
pièces à longue portée. De nombreuses torpilles,
coulées dans la passe, défendaient l'entrée du petit
port. Le *Ferrato* et les trois *Électrics* étaient parés à
tout événement, soit pour attendre l'attaque, soit
pour courir sur une flottille d'assaillants.

Cependant, l'île présentait un côté vulnérable dans le sud-ouest de son littoral. Un débarquement pouvait s'effectuer en cette portion du rivage qui se trouvait à l'abri du feu des batteries et du fortin.

Là était le danger, et peut-être était-il trop tard pour entreprendre de suffisants travaux de défense.

Après tout, était-il bien certain que les Senoûsistes eussent l'idée d'attaquer Antékirtta? C'était, en somme, une grosse affaire, une périlleuse expédition, qui exigeait un matériel considérable. Luigi voulait douter encore. C'est ce qu'il fit observer, un jour, pendant une inspection que le docteur, Pierre et lui faisaient aux fortifications de l'île.

« Ce n'est pas mon avis, répondit le docteur. Antékirtta est riche, elle commande les parages de la mer des Syrtes. Aussi, n'y eût-il que ces raisons, elle sera attaquée tôt ou tard, car les Senoûsistes ont un trop grand intérêt à s'en emparer!

— Rien de plus certain, ajouta Pierre, et c'est une éventualité contre laquelle il faut se mettre en garde!

— Mais, ce qui me fait surtout craindre une attaque imminente, reprit le docteur, c'est que Sarcany est un des affiliés de ces Khouâns, et je sais même qu'il a toujours été à leur service comme agent à l'étranger. Or, mes amis, rappelez-vous que Pointe Pescade a surpris, dans la maison du moqaddem, une conversation entre Sîdi Hazam et lui. Dans cette conversation, le nom d'Antékirtta a été prononcé à plusieurs reprises, et Sarcany n'ignore pas que cette île appartient au docteur Antékirtt, c'est-à-dire à l'homme qu'il redoute, à celui qu'il faisait attaquer par Zirone sur les pentes de l'Etna. Donc, puisqu'il n'a pas réussi là-bas, en Sicile, nul doute qu'il essaie de réussir ici et dans de meilleures conditions!

— A-t-il une haine personnelle contre vous, monsieur le docteur, demanda Luigi, et vous connaît-il?

— Il est possible qu'il m'ait vu à Raguse, répondit le docteur. En tout cas, il ne peut ignorer que j'ai eu dans cette ville des relations avec la famille Bathory. De plus, l'existence de Pierre lui a été révélée au moment où Pointe Pescade allait enlever Sava de la maison de Sîdi Hazam. Tout cela a dû se lier dans son esprit, et il ne peut douter que Pierre et Sava n'aient trouvé un refuge dans Antékirtta. C'est donc plus qu'il n'en faut pour qu'il pousse contre nous toute la horde senoûsiste, dont nous n'aurions à attendre aucun quartier, si elle réussissait à s'emparer de notre île! »

Cette argumentation n'était que trop plausible.
Que Sarcany ignorât encore que le docteur fût le
comte Mathias Sandorf, cela était certain, mais il en
savait assez pour vouloir lui arracher l'héritière du
domaine d'Artenak. On ne s'étonnera donc pas qu'il
eût excité le calife à préparer une expédition contre
la colonie antékirttienne.

Cependant, on était arrivé au 3 décembre, sans
que rien eût encore indiqué une attaque imminente.

D'ailleurs, cette joie de se sentir enfin réunis
faisait illusion à tous, à l'exception du docteur. La
pensée du mariage prochain de Pierre Bathory et
de Sava Sandorf emplissait tous les cœurs et tous
les esprits. C'était à qui essayerait de se persuader
que les mauvais jours étaient passés et ne revien-
draient plus.

Pointe Pescade et Cap Matifou, il faut bien le
dire, partageaient la sécurité générale. Ils étaient
si heureux du bonheur des autres qu'ils vivaient
dans un perpétuel enchantement de toutes choses

« C'est à ne pas le croire! répétait Pointe Pescade.

— Qu'est-ce qui n'est pas à croire?.. demandait
Cap Matifou.

— Que tu es devenu un bon gros rentier, mon
Cap! Décidément, il faudra que je pense à te marier!

20.

— Me marier !

— Oui... avec une belle petite femme !

— Pourquoi petite ?..

— C'est juste !... Une grande, une énorme belle femme !... Hein ! Madame Cap Matifou !... Nous irons te chercher ça chez les Patagones ! »

Mais, en attendant le mariage de Cap Matifou, auquel on finirait bien par trouver une compagne digne de lui, Pointe Pescade s'occupait du mariage de Pierre et de Sava Sandorf. Avec l'autorisation du docteur, il méditait d'organiser une fête publique, avec jeux forains, chants et danses, décharges d'artillerie, grand banquet en plein air, sérénade aux nouveaux époux, retraite aux flambeaux, feu d'artifice. On pouvait s'en rapporter à lui ! C'était son élément ! Ce serait splendide ! On en parlerait longtemps ! On en parlerait toujours !

Tout cet élan fut arrêté en son germe.

Pendant la nuit du 3 au 4 décembre, — nuit calme, mais assombrie par d'épais nuages, — un timbre électrique résonna dans le cabinet du docteur Antékirtt, au Stadthaus.

Il était dix heures du soir.

A cet appel, le docteur et Pierre quittèrent le salon, dans lequel ils avaient passé la soirée avec Mᵐᵉ Bathory et Sava Sandorf. Arrivés dans le ca-

binet, ils reconnurent que l'appel venait du poste
d'observation, établi sur le cône central d'Antékirtta. Demandes et réponses furent aussitôt faites
par un appareil téléphonique.

Les vigies signalaient, dans le sud-est de l'île,
l'approche d'une flottille d'embarcations qui n'apparaissait que très confusément encore au milieu
des ténèbres.

« Il faut convoquer le Conseil, » dit le docteur.

Moins de dix minutes après, le docteur, Pierre,
Luigi, les capitaines Narsos et Ködrik et les chefs
de la milice arrivaient au Stadthaus. Là, communication leur fut faite de l'avis envoyé par les
vigies de l'île. Un quart d'heure plus tard, après
s'être rendus au port, tous s'arrêtaient à l'extrémité
de la grande jetée sur lequel brillait le feu du
môle.

De ce point, peu élevé au-dessus du niveau de la
mer, il eût été impossible de distinguer cette flottille que des observateurs, postés sur le cône central, avaient pu apercevoir. Mais, en éclairant vivement l'horizon du sud-est, il serait sans doute possible de reconnaître le nombre de ces embarcations
et dans quelles conditions elles cherchaient à
accoster.

N'était-ce pas un inconvénient d'indiquer ainsi la

situation de l'île? Le docteur ne le pensa pas. Si c'était l'ennemi attendu, il ne venait pas en aveugle, il connaissait le gisement d'Antékirtta, rien ne pourrait l'empêcher de l'atteindre.

Les appareils furent donc mis en activité, et grâce à la puissance de deux faisceaux électriques projetés au large, l'horizon s'illumina soudain sur un vaste secteur.

Les vigies ne s'étaient point trompées. Deux cents embarcations, pour le moins, s'avançaient en ligne, des chébeks, des polacres, des trabacolos, des saco-lèves, d'autres moins importantes. Nul doute que ce fût la flottille des Senoûsistes, que ces pirates avaient recrutée dans tous les ports du littoral. La brise manquant, c'était à l'aviron qu'ils se diri-geaient vers l'ile. Pour cette traversée, relativement courte, entre Antékirtta et la Cyrénaïque, ils avaient pu se passer de l'aide du vent. Le calme de la mer devait même servir leurs desseins, puisqu'il leur permettrait d'effectuer un débarquement dans des conditions plus favorables.

En ce moment, cette flottille se trouvait encore à quatre ou cinq milles dans le sud-est. Elle ne pouvait donc accoster avant le lever du soleil. Il eût été imprudent de le faire d'ailleurs, soit pour forcer l'entrée du port, soit pour opérer une des-

cente sur la côte méridionale d'Antékirtta, insuffisamment défendue, comme il a été dit.

Lorsque cette première reconnaissance eût été
faite, les appareils électriques s'éteignirent, et l'espace fut replongé dans l'ombre. Il n'y avait plus
qu'à attendre le jour.

Cependant, par ordre du docteur, tous les hommes
de la milice vinrent prendre leur poste.

Il fallait être prêt à porter les premiers coups,
desquels dépendrait peut-être l'issue de l'entreprise.

Il était certain, maintenant, que les assaillants
ne pouvaient plus songer à surprendre l'île, puisque
cette projection de lumière avait permis de reconnaître leur direction et leur nombre.

Pendant ces dernières heures de la nuit, on veilla
avec le plus grand soin. A maintes reprises, l'horizon
fut encore illuminé, — ce qui permit de reconnaître
plus exactement la position de la flottille.

Que les assaillants fussent nombreux, cela ne
pouvait faire doute. Qu'ils fussent pourvus d'un
matériel suffisant pour avoir raison des batteries
d'Antékirtta, rien de moins certain. Peut-être même
manquaient-ils absolument d'artillerie. Mais, par le
chiffre de combattants que le chef de l'expédition
pouvait jeter à la fois sur plusieurs points de l'île,
les Senoûsistes devaient être redoutables.

Enfin le jour se fit peu à peu, et les premiers rayons du soleil vinrent dissiper les basses brumes de l'horizon.

Tous les regards se portèrent au large, vers l'est et vers le sud d'Antékirtta.

La flottille se développait alors en une longue ligne arrondie, qui tendait à se refermer sur l'île. Il n'y avait pas moins de deux cents embarcations, dont quelques-unes jaugeaient de trente à quarante tonneaux. Ensemble, elles pouvaient porter de quinze cents à deux mille hommes.

A cinq heures, la flottille se trouvait à la hauteur de l'îlot Kencraf. Les assaillants allaient-ils l'accoster et y prendre position, avant d'attaquer directement l'île? S'ils le faisaient, ce serait une circonstance heureuse. Les travaux de mine, exécutés par le docteur, auraient pour résultat, sinon de résoudre entièrement la question, du moins de compromettre dès le début l'attaque des Senoûsistes.

Une demi-heure s'écoula, pleine d'anxiété. On put croire que les embarcations, qui s'étaient peu à peu rapprochées de l'îlot, allaient opérer un débarquement... Il n'en fut rien. Aucune n'y relâcha, et la ligne ennemie se courba plus longuement vers le sud, en le laissant à sa droite. Il devint dès lors évident qu'Antékirtta serait directement attaquée, ou, pour mieux dire, envahie avant une heure.

« Maintenant, il n'y a plus qu'à se défendre, » dit le docteur aux chefs, de la milice.

Un signal fut fait, et tout le personnel, répandu dans la campagne, s'empressa de regagner la ville, où chacun se rendit au poste qui lui avait été assigné d'avance.

Par ordre du docteur, Pierre Bathory alla prendre le commandement de la partie sud des fortifications, Luigi de la partie est. Les défenseurs de l'île, — cinq cents miliciens au plus, — furent distribués de manière à faire face à l'ennemi partout où il tenterait de forcer l'enceinte de la ville. Pour le docteur, il se réservait de se porter sur tous les points où il croirait sa présence nécessaire.

Mᵐᵉ Bathory, Sava Sandorf, Maria Ferrato, durent rester dans le hall du Stadthaus. Quant aux autres femmes, au cas où la ville serait envahie, il avait été décidé qu'elles se réfugieraient avec les enfants au fond des casemates, où elles n'auraient rien à craindre, même si les assiégeants possédaient quelques pièces de débarquement.

La question de l'îlot Kencraf résolue, — et elle l'était malheureusement au désavantage de l'île, — restait la question du port. Si la flottille prétendait en forcer l'entrée, les fortins des deux jetées, dont les feux pouvaient se croiser, les canons du *Ferrato*, les *Electrics* torpilleurs, les torpilles immergées dans la passe, en auraient certainement raison. C'eût été même une chance favorable que l'attaque se fît de ce côté.

Mais, — cela n'était que trop évident, — le chef des Senoûsistes connaissait parfaitement les moyens de défense d'Antékirtta, et il n'ignorait rien de la facilité de ses attérages dans le sud. Essayer d'une attaque directe du port, c'eût été courir à un immédiat et complet anéantissement. Tenter un débarquement dans la partie méridionale de l'île, qui ne se prêtait que trop aisément à cette opération, c'est ce plan qu'il avait adopté. Aussi, après avoir évité de donner dans les passes du port, comme il avait évité de prendre position sur l'îlot Kencraf, il dirigea sa flottille, à force de rames, vers les points faibles d'Antékirtta.

Dès que cela eut été reconnu, le docteur prit les mesures que commandaient les circonstances. Les capitaines Ködric et Narsos se jetèrent chacun dans un des torpilleurs, montés par quelques marins, et s'élancèrent hors du port.

Un quart d'heure après, les deux *Electrics* se précipitaient au milieu de la flottille, ils en brisaient la ligne, ils faisaient sauter cinq ou six embarcations, ils en défonçaient une douzaine. Toutefois, le nombre des agresseurs était si considérable que les deux capitaines, menacés d'être pris à l'abordage, durent revenir à l'abri des jetées.

Cependant le *Ferrato* avait pris position et il commençait à foudroyer la flottille ; mais ses feux, joints à ceux des batteries qui pouvaient utilement agir, furent insuffisants pour empêcher la masse de ces pirates d'opérer leur débarquement. Bien qu'un bon nombre eût péri, bien qu'une vingtaine d'embarcations fussent déjà coulées, plus de mille assiégeants purent prendre pied sur les roches du sud, dont une mer parfaitement calme rendait l'approche trop facile.

On put voir alors que l'artillerie ne manquait pas aux Senoûsistes. Les plus grands chébecs portaient quelques pièces de campagne, montées sur affûts roulants. Ils purent les débarquer dans cette partie du littoral, située hors de l'atteinte des canons de la ville, et même de ceux qui armaient le fortin du cône central.

Le docteur, du poste qu'il était venu prendre sur le saillant le plus rapproché, avait suivi l'ensemble de cette opération. S'y opposer, il ne l'aurait pu, étant donné le nombre relativement faible de son personnel. Mais, comme il était plus fort à l'abri de ses murailles, le rôle des assiégeants, si nombreux qu'ils fussent, allait devenir difficile.

Ceux-ci, traînant leur artillerie légère, s'étaient formés en deux colonnes. Ils marchaient sans chercher à se défiler, avec cette bravoure insouciante de l'Arabe, avec cette audace de fanatiques qu'entretiennent chez eux le mépris de la mort, l'espoir du pillage et la haine de l'Européen.

Lorsqu'ils furent à bonne portée, les batteries vomirent sur eux boulets, obus et mitraille. Plus de cent tombèrent, mais les autres ne reculèrent pas. Leurs pièces de campagne furent mises en position, et elles commencèrent à faire brèche dans un pan de mur, à l'angle de la courtine inachevée du sud.

Leur chef, toujours calme au milieu de ceux qui tombaient à ses côtés, dirigeait l'action. Sarcany, près de lui, l'excitait à donner l'assaut en lançant quelques centaines d'hommes sur la brèche

De loin, le docteur Antékirtt et Pierre Bathory le reconnurent. Il les reconnut aussi.

Cependant la masse des assiégeants commençait à se porter vers la partie du mur, dont l'éboulement pouvait maintenant leur livrer passage. S'ils parvenaient à franchir cette brèche, s'ils se répandaient dans la ville, les assiégés, trop faibles pour leur résister, seraient contraints d'abandonner la place. Avec le tempérament sanguinaire de ces pirates, la victoire serait suivie d'un égorgement général.

La lutte corps à corps fut donc terrible sur ce point. Sous les ordres du docteur, impassible dans le danger et comme invulnérable au milieu des balles, Pierre Bathory et ses compagnons firent des prodiges de courage. Pointe Pescade et Cap Matifou les secondaient avec une audace qui n'était égalée que par leur chance à éviter les mauvais coups.

L'Hercule, un couteau d'une main, une hache de l'autre, faisait largement le vide autour de lui.

« Hardi, mon Cap, hardi!... Assomme-les! » criait Pointe Pescade, dont le revolver, incessamment rechargé et déchargé, éclatait comme une boîte à mitraille.

Mais l'ennemi ne cédait pas. Après avoir été plusieurs fois repoussé hors de la brèche, il allait enfin la franchir, envahir la ville, quand, sur ses derrières, il se fit une diversion.

Le *Ferrato* était venu se placer à moins de trois encâblures du rivage, sous petite vapeur. Puis, de ce point, avec ses caronades, toutes braquées du même bord, son long canon de chasse, ses canons-revolvers Hotchkiss, ses mitrailleuses Gatlings, qui couchaient les assaillants comme le blé sous la faucheuse, il les attaquait de dos, il les foudroyait sur la plage, en même temps qu'il détruisait et coulait les bateaux, mouillés ou amarrés au pied des roches.

Ce fut un coup terrible et très inattendu pour les Senoûsistes. Non seulement ils étaient pris à revers, mais tout moyen de fuir allait leur être enlevé dans le cas où leurs embarcations seraient mises en pièces par les projectiles du *Ferrato*.

Les assaillants s'arrêtèrent alors devant la brèche que la milice défendait obstinément. Déjà plus de cinq cents avaient trouvé la mort sur la grève, tandis que le nombre des assiégés n'était diminué que dans une proportion relativement faible.

Le chef de l'expédition comprit qu'il fallait immédiatement regagner la mer, s'il ne voulait pas exposer ses compagnons à une perte certaine et complète. En vain Sarcany voulut-il les lancer sur la ville, ordre fut donné de revenir au rivage, et les Senoûsistes opérèrent leur mouvement de retraite comme ils se seraient fait tuer jusqu'au dernier, s'il leur eût été commandé de mourir.

Mais il fallait donner à ces pirates une leçon dont ils ne dussent jamais perdre le souvenir.

« En avant!... Mes amis!... En avant! » cria le docteur.

Et, sous les ordres de Pierre et de Luigi, une centaine de miliciens se jetèrent sur les fuyards qui se hâtaient de regagner le rivage. Pris entre les feux du *Ferrato* et les feux de la ville, ceux-ci durent aussitôt céder. Alors le désordre se mit dans leurs rangs, et on les vit se précipiter vers les sept ou huit embarcations que les bordées du large avaient plus ou moins épargnées.

Pierre et Luigi, au milieu de la mêlée, visaient surtout à s'emparer d'un homme entre tous. Cet homme, c'était Sarcany. Mais ils voulaient l'avoir vivant, et ils n'échappèrent que par miracle aux coups de revolver que ce misérable déchargea plusieurs fois sur eux.

Cependant, il semblait que le sort allait encore une fois le soustraire à leur justice.

Sarcany et le chef des Senoûsistes, suivis d'une dizaine de leurs compagnons, étaient parvenus à regagner une petite polacre, dont l'amarre venait d'être larguée et qui déjà manœuvrait afin de regagner la haute mer. Le *Ferrato* était trop loin pour qu'on pût lui signaler de la poursuivre, et elle allait s'échapper.

En ce moment, Cap Matifou aperçut une pièce de campagne, démontée de son affût, qui gisait sur le sable.

21.

Se précipiter sur cette pièce encore chargée, la hisser, avec une force surhumaine, sur une des roches, s'arcbouter pour la maintenir en place en la tenant par ses tourillons, puis, d'une voix de tonnerre, s'écrier : « A moi, Pescade, à moi! » ce fut l'affaire d'un instant.

Pointe Pescade entendit l'appel de Cap Matifou, il vit ce qu'avait fait « son Cap », il le comprit, il accourut, et, après avoir pointé sur la polacre le canon que soutenait cet affût vivant, il tira.

Le projectile atteignit l'embarcation dans sa coque et la fracassa... L'Hercule ne fut pas même ébranlé par le recul de la pièce.

Le chef des Senoûsistes et ses compagnons, précipités dans les flots, se noyèrent pour la plupart. Quand à Sarcany, il se débattait au milieu du ressac, lorsque Luigi se jeta à la mer.

Un instant après, Sarcany était remis entre les larges mains de Cap Matifou qui se refermèrent sur lui.

La victoire était complète. Des deux mille assaillants, qui s'étaient jetés sur l'île, à peine quelques centaines purent-ils échapper au désastre et regagner les rivages de la Cyrénaïque.

De longtemps, on pouvait l'espérer, Antékirtta ne serait plus menacée d'une descente de ces pirates.

V

JUSTICE.

Le comte Mathias Sandorf avait payé à Maria et à Luigi Ferrato sa dette de reconnaissance. Mme Bathory, Pierre, Sava, étaient enfin réunis. Après avoir récompensé, il ne restait plus qu'à punir.

Pendant les quelques jours qui suivirent la défaite des Senoûsistes, le personnel de l'île s'employa activement à tout remettre en état. A part quelques blessures sans gravité, Pierre, Luigi, Pointe Pescade et Cap Matifou, — c'est-à-dire tous ceux qui ont été plus intimement mêlés aux événements de ce drame, — étaient sains et saufs. Qu'ils ne se fussent pas ménagés, cependant, on peut en avoir l'assurance. Aussi quelle joie ce fut, quand ils se retrouvèrent dans le hall du Stadthaus avec Sava Sandorf, Maria Ferrato, Mme Bathory et son vieux serviteur Borik. Après avoir rendu les derniers devoirs à ceux qui venaient de succomber dans la lutte, la petite colonie allait pouvoir reprendre le cours de cette existence heureuse, que rien ne viendrait plus troubler sans doute. La défaite des Senoûsistes avait été désastreuse, et Sarcany, qui les avait excités à cette campagne contre Antékirtta, ne serait plus là pour leur souffler ses idées de haine et de vengeance. Le docteur, d'ailleurs, allait s'occuper de compléter à bref délai son système de défense. Non seulement Artenak serait promptement mise à l'abri d'un coup de main, mais l'île elle-même n'offrirait plus un seul point de son périmètre sur lequel un débarquement pût s'opérer. On s'occuperait, en outre, d'y attirer de nouveaux colons, auxquels les richesses de son sol devaient garantir un réel bien-être.

En attendant, rien ne pouvait plus mettre obstacle au mariage de Pierre Bathory et de Sava Sandorf. La cérémonie avait été fixée au 9 décembre : elle s'accomplirait à cette date. Aussi Pointe Pescade reprit-il activement ses préparatifs de réjouissances, interrompus par l'invaion des pirates de la Cyrénaïque.

Cependant, sans autre délai, il s'agissait de statuer

sur le sort de Sarcany, de Silas Toronthal et de Carpena. Séparément emprisonnés dans les casemates
du fortin, ils ignoraient même qu'ils fussent tous
trois au pouvoir du docteur Antékirtt.

Le 6 décembre, deux jours après la retraite des
Senoûsistes, le docteur les fit comparaître dans le
hall du Stadthaus, où il se tenait à l'écart avec Pierre
et Luigi.

Ce fut là que les prisonniers se virent pour la
première fois, devant le tribunal d'Artenak, composé
des premiers magistrats de l'île, sous la garde d'un
détachement de miliciens.

Carpena paraissait inquiet ; mais, n'ayant rien
perdu de sa physionomie sournoise, il jetait des
regards furtifs, à droite, à gauche, et n'osait lever
les yeux sur ses juges.

Silas Toronthal, très abattu, baissait la tête, et,
instinctivement, fuyait le contact de son ancien
complice.

Sarcany n'avait qu'un sentiment, — la rage d'être
tombé entre les mains de ce docteur Antékirtt.

Luigi, s'avançant alors devant les juges, prit la
parole, et s'adressant à l'Espagnol :

« Carpena, dit-il, je suis Luigi Ferrato, le fils du
pêcheur de Rovigno, que ta délation a envoyé au
bagne de Stein, où il est mort ! »

Carpena s'était un instant redressé. Un premier mouvement de colère lui fit monter le sang aux yeux. Ainsi, c'était bien Maria qu'il avait cru reconnaître dans les ruelles du Manderaggio, à Malte, et c'était Luigi Ferrato, son frère, qui lui jetait cette accusation.

Pierre s'avança à son tour, et, tout d'abord, tendant le bras vers le banquier :

« Silas Toronthal, dit-il, je suis Pierre Bathory, le fils d'Etienne Bathory, le patriote hongrois, que, d'accord avec Sarcany, votre complice, vous avez lâchement dénoncé à la police autrichienne de Trieste, et que vous avez envoyé à la mort ! »

Puis, à Sarcany :

« Je suis Pierre Bathory que vous avez tenté d'assassiner dans les rues de Raguse ! Je suis le fiancé de Sava, fille du comte Mathias Sandorf, que vous avez fait enlever, il y a quinze ans, du château d'Artenak ! »

Silas Toronthal avait été frappé comme d'un coup de massue, en reconnaissant Pierre Bathory qu'il croyait mort !

Sarcany, lui, s'était croisé les bras, et, sauf un léger tremblement de ses paupières, il conservait une impudente immobilité.

Ni Silas Toronthal ni Sarcany ne répondirent un

seul mot. Et qu'auraient-ils pu répondre à leur victime, qui semblait sortir du tombeau pour les accuser !

Et ce fut bien autre chose, lorsque le docteur Antékirtt, se levant à son tour, dit d'une voix grave :

« Et moi, je suis le compagnon de Ladislas Zathmar et d'Étienne Bathory, que votre trahison a fait fusiller au donjon de Pisino ! Je suis le père de Sava, que vous avez enlevée pour vous rendre maître de sa fortune !... Je suis le comte Mathias Sandorf ! »

Cette fois, l'effet de cette déclaration fut tel que les genoux de Silas Toronthal fléchirent jusqu'à terre, tandis que Sarcany, se courbait comme s'il eût voulu rentrer en lui-même.

Alors les trois accusés furent interrogés l'un après l'autre. Leurs crimes n'étaient point de ceux qu'ils eussent pu nier, ni de ceux pour lesquels un pardon fût possible. Le chef des magistrats rappela à Sarcany que l'attaque de l'île, entreprise dans son intérêt personnel, avait fait un grand nombre de victimes dont le sang criait vengeance. Puis, après avoir laissé aux accusés toute liberté de se défendre, il appliqua la loi, conformément au droit que lui donnait cette juridiction régulière :

« Silas Toronthal, Sarcany, Carpena, dit-il, vous

avez causé la mort d'Étienne Bathory, de Ladislas Zathmar et d'Andréa Ferrato! Vous êtes condamnés à mourir!

— Quand vous voudrez! répondit Sarcany, dont l'impudence avait repris le dessus.

— Grâce! » s'écria lâchement Carpena.

Silas Toronthal n'aurait pas eu la force de parler.

On emmena les trois condamnés dans leurs case-mates où ils furent gardés à vue.

Comment ces misérables devaient-ils mourir? Seraient-ils fusillés dans un coin de l'île? C'eût été souiller Antékirtta du sang des traîtres! Aussi avait-il été décidé que l'exécution se ferait à l'îlot Kencraf.

Le soir même, un des *Électrics*, monté par dix hommes sous le commandement de Luigi Ferrato, prit les trois condamnés à son bord et les transporta sur l'îlot, où ils allaient attendre jusqu'au lever du jour le peloton d'exécution.

Sarcany, Silas Toronthal et Carpena devaient croire que l'heure de mourir était venue pour eux. Aussi, quand ils eurent été débarqués, Sarcany, allant droit à Luigi :

« Est-ce pour ce soir? » demanda-t-il.

Luigi ne répondit rien. Les trois condamnés furent

laissés seuls, et il faisait déjà nuit, lorsque l'*Electric* revint à Antékirtta.

L'île était maintenant délivrée de la présence des traîtres. Quant à s'enfuir de l'îlot Kencraf, que vingt milles séparent de la grande terre, c'était impossible.

« Avant demain, ils se seront certainement dévorés les uns les autres ! dit Pointe Pescade.

— Pouah ! » fit Cap Matifou avec dégoût.

La nuit se passa dans ces conditions ; mais au Stadthaus, on put observer que le comte Sandorf ne prit pas un instant de repos. Renfermé dans sa chambre, il ne la quitta qu'à cinq heures du matin pour descendre dans le hall, où Pierre Bathory et Luigi furent aussitôt mandés.

Un peloton de miliciens attendait dans la cour du Stadthaus que l'ordre lui fût donné de s'embarquer pour l'îlot Kencraf.

« Pierre Bathory, Luigi Ferrato, dit alors le comte Sandorf, c'est en toute justice que ces traîtres ont été condamnés à mort ?

— Oui, et ils la méritent ! répondit Pierre.

— Oui ! répondit Luigi, et pas de pitié pour ces misérables !

— Que justice soit faite, et que Dieu leur accorde un pardon que les hommes ne peuvent plus leur donner !... »

22

Le comte Sandorf avait à peine achevé, qu'une épouvantable explosion secouait le Stadthaus et aussi toute l'île, comme si elle eût été agitée par un tremblement de terre.

Le comte Sandorf, Pierre et Luigi se précipitèrent au dehors, pendant que la population, épouvantée, s'enfuyait hors des maisons d'Artenak.

Une immense gerbe de flamme et de vapeur, mélangée de blocs énormes et d'une grêle de pierres, fusait vers le ciel à une prodigieuse hauteur. Puis ces masses retombèrent autour de l'île en soulevant les eaux de la mer, et un épais nuage demeura suspendu dans l'espace.

Il ne restait plus rien de l'îlot Kencraf, ni des trois condamnés que l'explosion venait d'anéantir.

Que s'était-il donc passé?

On ne l'a pas oublié, non seulement l'îlot était miné en prévision d'un débarquement des Senoûsistes, mais, pour le cas où le fil sous-marin, qui le reliait à Antékirtta, eut été mis hors de service, des appareils électriques avaient été enterrés dans le sol, et il suffisait de les frôler du pied pour que toutes les fougasses de plancasite fissent explosion à la fois.

C'est ce qui s'était produit. Par hasard, un des condamnés avait touché un de ces appareils. De là, cette complète et instantanée destruction de l'îlot.

« Dieu a voulu nous épargner l'horreur de l'exécution! » dit le comte Mathias Sandorf.

Trois jours après, le mariage de Pierre Bathory et de Sava Sandorf était célébré à l'église d'Artenak. A cette occasion, le docteur Antékirtt signa de son vrai nom de Mathias Sandorf. Il ne devait plus le quitter maintenant que justice était faite.

Quelques mots suffiront pour achever ce récit.

Trois semaines après, Sava Bathory fut reconnue pour l'héritière des biens réservés du comte Sandorf. La lettre de Mme Toronthal, une déclaration préalablement obtenue du banquier, — déclaration qui relatait les circonstances et le but de l'enlèvement de la petite fille, — avaient suffi pour établir son identité. Comme Sava n'était pas encore âgée de dix-huit ans, ce qui restait du domaine des Carpathes, en Transylvanie, lui fit retour.

D'ailleurs, le comte Sandorf aurait pu rentrer lui-même dans ses biens, sous le bénéfice d'une amnistie, qui était survenue en faveur des condamnés politiques. Mais, s'il redevint publiquement Mathias Sandorf, il n'en voulut pas moins rester le chef de la grande famille d'Antékirtta. Là devait s'écouler sa vie au milieu de tous ceux qui l'aimaient.

La petite colonie, grâce à de nouveaux efforts, ne tarda pas à s'agrandir. En moins d'un an, elle vit doubler sa population. Des savants, des inventeurs, appelés par le comte Sandorf, y vinrent utiliser des découvertes qui seraient restées stériles sans ses conseils, sans la fortune dont il disposait. Aussi Antékirtta allait-elle bientôt devenir le point le plus important de la mer des Syrtes, et, avec l'achèvement de son système défensif, sa sécurité devait être absolue.

Que dire de Mme Bathory, de Maria et de Luigi Ferrato, que dire de Pierre et de Sava, qui ne se sente mieux qu'on ne pourrait l'exprimer? Que dire aussi de Pointe Pescade et de Cap Matifou, qui comptaient parmi les plus notables colons d'Antékirtta? S'ils regrettaient quelque chose, c'était de n'avoir plus l'occasion de se dévouer pour celui qui leur avait fait une telle existence!

Le comte Mathias Sandorf avait accompli sa tâche, et, sans le souvenir de ses deux compagnons, Étienne Bathory et Ladislas Zathmar, il eût été aussi heureux qu'un homme généreux peut l'être ici-bas, quand il répand le bonheur autour de lui.

Que l'on ne cherche point dans toute la Méditerranée, non plus qu'en aucune autre mer du globe, — même dans le groupe des Fortunées, — une île dont la prospérité puisse rivaliser avec celle d'Anté-kirtta!... Ce serait peine inutile!

Aussi, lorsque Cap Matifou, dans l'accablement de son bonheur, croyait devoir dire :

« En vérité, est-ce que nous méritons d'être si heureux?...

— Non, mon Cap!. . Mais que veux-tu?... Faut se résigner! » lui répondait Pointe Pescade.

FIN DE LA CINQUIÈME ET DERNIÈRE PARTIE.

TABLE DES MATIÈRES

QUATRIEME PÁRTIE

CINQUIÈME PARTIE

FIN DE LA TABLE DU TROISIÈME ET DERNIER VOLUME

www.ingramcontent.com/pod-product-compliance
Lightning Source LLC
Chambersburg PA
CBHW070458030726
47503CB00004B/1097